A CASA DA PAIXÃO

A CASA DA PAIXÃO
NÉLIDA PIÑON

6ª EDIÇÃO

EDITORA RECORD
RIO DE JANEIRO • SÃO PAULO
2023

CIP-BRASIL. CATALOGAÇÃO NA PUBLICAÇÃO
SINDICATO NACIONAL DOS EDITORES DE LIVROS, RJ

P725c   Piñon, Nélida, 1937-
6. ed.   A casa da paixão / Nélida Piñon. - 6. ed. - Rio de Janeiro: Record, 2023.

ISBN 978-65-5587-401-3

1. Romance brasileiro. I. Título.

22-76001   CDD: 869.3
                           CDU: 82-31(81)

Meri Gleice Rodrigues de Souza - Bibliotecária - CRB-7/6439

Copyright © Nélida Piñon, 1972

Todos os direitos reservados. Proibida a reprodução, armazenamento ou transmissão de partes deste livro, através de quaisquer meios, sem prévia autorização por escrito.

Texto revisado segundo o novo Acordo Ortográfico da Língua Portuguesa.

Direitos exclusivos desta edição adquiridos pela
EDITORA RECORD LTDA.
Rua Argentina, 171 – Rio de Janeiro, RJ – 20921-380 – Tel.: (21) 2585-2000.

Impresso no Brasil

ISBN 978-65-5587-401-3

Seja um leitor preferencial Record.
Cadastre-se no site www.record.com.br e receba informações sobre nossos lançamentos e nossas promoções.

Atendimento e venda direta ao leitor:
sac@record.com.br

Prefácio
Por Sérgio Abranches

A *casa da paixão* chegou aos leitores em 1972, ano de tormento nacional. Foi um choque para quem o leu na época: um livro que tratava de forma tão intensa a sexualidade feminina, a livre relação da mulher com seu corpo. Quando o prazer feminino era quase tabu em nossa sociedade, Nélida Piñon teve a ousadia de escrever sobre ele de forma desabrida e abundante. Expõe sua mulher-ícone, Marta, como desafio e como afirmação de soberania. Não era comum, na literatura da época, uma escritora tratar de forma tão franca o que Nélida chama de o "milagre da carne". Não por acaso, Toni Morrison, a premiada ficcionista americana e autora de ensaios feministas e antirracistas, ao ler a edição em inglês, considerou o romance revolucionário no tratar a sexualidade das mulheres. O poeta Carlos Drummond de Andrade recorreu à pena, após tê-lo lido, para, com sua letra miúda, agradecer a Nélida pela obra, dizendo: "Que força de raiz em *A casa da paixão*, que esplendor de vida impetuosa e gritando por todas as palavras! Grato a você pela beleza do livro." O poeta sempre tem razão. A vida de Marta grita impetuosa por todas as palavras.

Eis o paradoxo de Nélida Piñon: a vida gritante é narrada com delicadeza na escrita. Não poderia ser de outra maneira, a gentileza é um traço inarredável de sua personalidade. Não o fizesse, trairia a si mesma, ao conceber suas epopeias com o sentido do trágico. Basta ver a elegância com que ela borda suas sentenças e, ao longo desse bordado minucioso, vai incrustando pérolas no texto metafórico: pele de ardências, deserto era a zona aflita de seu corpo, súbitas pedras humanas, aquele vigor de girassol, criaturas dissolvidas em ácido, amargas ondas que me transpassam, o perfume do suor odiado, me naufragando em sua espessura de gigante, sua carne imperecível e cristã, o surdo murmúrio do meu corpo, mútuas ganâncias, emoção de sombra, aquela estima se fazia de maçãs sinistras, espírito de represa, águas raras combinadas naquele corpo, um intenso laboratório de carne, podiam viver a morte e não morrer.

Mas não se descure o leitor, Nélida Piñon é como uma abelha literária, mel e ferrão; tece seu texto com fineza e muitas transgressões. É mestra em quebrar a linearidade da escrita, "subverter e dilacerar a sintaxe oficial", como ela gosta de dizer. Conduz suas mulheres-personagens à sublevação, em trajeto de idas e vindas. Sua narrativa é entrecortada e, não raro, construída por múltiplas vozes. Alberto Mussa, na leitura de apresentação da edição comemorativa dos trinta anos de publicação de *A república dos sonhos*, define com precisão a lógica narrativa de Nélida: ela não é "circular, nem espiral, mas caleidoscópica".

A CASA DA PAIXÃO

A casa da paixão é um romance de transgressão, ainda mais quando se considera o momento em que saiu. O Brasil vivia tempos de chumbo e o ano de 1972 foi o mais sombrio deles. Era uma atitude audaciosa publicar um livro dedicado à liberdade sexual da mulher naquele momento. Nélida Piñon transgride no objeto central da trama, no texto, na linguagem entrecortada, nas idas e vindas da narrativa, nas metáforas ora poéticas, ora pura crueza, na exposição do corpo, do desejo e do prazer de Marta. Suas mulheres insurgentes desafiam os valores do tempo, as estruturas de comando que as subjugam e lhes negam o livre prazer do sexo.

Nélida tem o sentido épico da narrativa. Mesmo quando trata da relação, quase proibida àquele tempo, entre a mulher e seu corpo, ela constrói uma epopeia de prazer e dor, descoberta e dúvida, transgressão e redenção. A saga da busca da liberdade e da identidade que narra a travessia entre o mundo da mulher-objeto e o reino da mulher senhora de sua vida e de seu corpo. Como escreveu Domício Proença Filho, *A casa da paixão* é "um cântico do encontro entre mulher e homem, carregado de tensão, sentimentos primitivos e telúricos, acalentado pelas forças livres da natureza". A obra de Nélida é sustentada por personagens femininas embrenhadas na senda entre a sensualidade e a vedação, em busca da liberdade e da realização dos desejos. Nela não faltam as referências religiosas, sobretudo aos símbolos religiosos que se apresentam como limites a superar. A sombra do patriarcalismo, uma das matrizes fundadoras de nossa cultura — a outra é a escravidão — perpassa a narrativa, a assombrar as mulheres com a ameaça da sujeição, e as desafia à subversão das ordens e dos valores estabelecidos pelo mundo dos homens. A ordem masculina opressiva leva as mulheres à contestação e à rebeldia. A ficção de Nélida Piñon está sempre a traçar o mapa que permite resgatar o outro lado do mundo, o das mulheres, de modo que na sua condição emancipada elas possam reconstruir a humanidade na sua inteireza plural.

Esses mundos partidos estão presentes nas tensas relações familiares que Nélida Piñon retrata com maestria. Está na rebeldia de Monja, em confronto com o pai e com o marido imposto, no romance *Fundador*, o primeiro a ser premiado (Prêmio Almap de Literatura, em 1970). Está em *A casa da paixão*, fábula na qual o pai tomado de desejos incestuosos tenta em vão manter Marta sob seu controle, obra que ganhou o Prêmio Mário de Andrade da Biblioteca Nacional, como o melhor livro de ficção, em 1973. Em *A República dos Sonhos*, vencedora do Prêmio PEN Clube do Brasil e do Prêmio APCA, surge com Madruga, frustrado com os filhos e engolfado pelos desgostos e mágoas decorrentes da derrota em suas relações familiares. Ele enfrentará Esperança e sua filha Breta, a neta pela qual se encanta. Nesse épico, as mulheres marcam as várias configurações do feminino na sociedade patriarcal. A galega Eulália, mulher de Madruga, fecha o ciclo das "mulheres distraídas". Esperança e Breta buscam a liberdade e se rebelam contra as convenções. Breta, aquela "cuja imprudência levava-a a dormir fora de casa (...). De onde vinha pálida e translúcida", é a expressão da mulher dona de sua história. Além das divergências com o avô Madruga, ela enfrenta a tirania e a repressão da ditadura militar. Em seu último épico, *Um dia chegarei a Sagres*, a trama de tensões se dá em torno de Mateus, filho de prostituta e pai desconhecido, que é criado pelo avô. Quando este morre, Mateus, atormentado pelos mistérios que cercam sua mãe, pela ausência do pai e pela perda do avô, toma de Sagres o caminho em busca da miragem do Infante Dom Henrique. Na travessia infindável, ele se encontra com a história do mundo que lhe era desconhecido e com seus desejos sexuais em explosão. Em Sagres, ele enfrenta Matilde, autoritária, manipuladora e poderosa, tia vigilante de Leocádia, cadeirante, por quem se apaixona. Mateus se debate entre a impossibilidade de realizar seu amor por Leocádia e a atração pecaminosa por Akin, "o Africano". Matilde lhe nega Leocádia e encoraja a relação com Akin. Leocádia, ele idealiza; Akin o adoece de desejo e culpa. Joana, a mãe-puta de Mateus, é quem espelha a insubmissão da mulher aos códigos e valores da sociedade patriarcal.

Em *A casa da paixão*, Marta revela-se a matriz das mulheres donas de si da vasta galeria de personagens femininas fortes, em luta incansável por sua completa emancipação. Assombrada por seus desejos e tiranizada pelo pai, movido por desejos incestuosos e conflitos internos, fonte dos desejos de todos os homens, ela se apodera de seu corpo, fera nativa e sensual. "Os homens a desejavam como se ela fosse bicho, Marta assegurava-lhes pelo olhar não desconhecer a verdade, mas não a teriam a menos que se decidisse, do meu corpo cuido eu, seu olhar em chamas dizia..." Marta não adota o comportamento esperado das mulheres. Não esconde seus desejos no recato. Ela exibe o corpo e sua febre em desafio, afrontando o pai na autoridade e nas tentações que o dominam e atiçando os homens. É objeto de desejo, mas mantém-se sujeito autônomo, dona de seu corpo e de suas escolhas. Enraizada na natureza, mulher a um tempo botânica e mineral, ela retira da terra e do sol a seiva do próprio desejo e a força de decidir quando e com quem satisfará plenamente sua sede imensa de prazer. O sexo será seu êxtase, sua entrega e sua libertação.

A CASA DA PAIXÃO

Da terra, Marta escolhia qualquer recanto. Fechava os olhos, tropeçando contra pedras, galhos livres, perdendo às vezes a esperança. Até não suportar o próprio suor e exclamava:

— Aqui conhecerei o repouso.

Amava o sol, sob sua luz imitava lagarto, passividade que os da própria casa jamais compreenderam, parecendo-lhes proibido que se amasse tanto o que ninguém jamais amara tão devotada. Mal se sentava, as pernas abriam-se escorregadias sobre o solo, exigindo o esforço da pele ressentida, extraía da areia, da grama, o que fosse — sua aspereza. Dava-lhe gosto olhar as pernas escancaradas sem que o homem ocupasse suas coxas, a obrigasse tombar sentindo mágicas contorções. O exercício de usufruir alguma coisa próxima ao prazer distinguia-a. O sol como que amorenava a pele e aquela dor intuída desde menina deixava-a perplexa, vinha. Pela identidade que descobriu e a certeza de evoluir sempre que se entregasse exaltada à sua paixão. A ardência e sua jornada de dor tomando-lhe os dedos dos pés primeiro, uma delicadeza de sombra. De tal modo que chegava a pensar se não era frio o que sentia então. Até que avançando o calor pelas pernas afora, a cada pele palmilhava, e, bem valente, parecia-lhe absurdo que o precipício para tantas andanças viesse a ser o próprio sexo, dourado e suas penugens trevas projetadas para a frente, como lhe ordenavam os mandamentos.

Proclamava: o triunfo do sol, e tombou colorida, pele de ardências na grama, não era o gozo exatamente que palpitava o corpo, certa luz poderosa obrigando a cerrar os olhos, sob a ameaça da cegueira, para que pudesse e sempre enxergar objetos a que indicasse nomes, folhas, frutas, e as mastigaria galgando árvores, algumas arrancando com a boca, através da mordida simples avaliando o império da sua mandíbula nervosa trabalhando a fruta, e a deixaria perdida na árvore, com sua ferida aberta — era sim a descoberta do nascimento, uma longa visita ao útero da terra, seu sexo, como que o ungindo.

O pai fingia não ver a rapidez com que fechava as pernas, escondendo tesouros, sabedorias raras, embora não coubesse a ele fecundar sua grata beleza. Ela escondia daquele homem seu precioso segredo. Apenas seu corpo conhecia a estranha exaltação, pertencer aos adoradores do sol. Sempre inventara atrativos, ainda que a própria mão jamais escavasse o sexo em busca dos canais nobres, lábios minúsculos entreabertos expondo o grão maior, do qual partiam ondas sonoras, zonas de detecção proibida.

Seus dedos mágicos trabalhavam em torno apenas e nos momentos penosos consentiu, por misericórdia e fidelidade ao sol, que os dedos, imitando garras, se ampliassem cobrindo-lhe o sexo como o tecido branco do casulo. Exijo coragem e a natureza consente. Sem a imagem, cederia a qualquer galho, consentindo a ruptura desleal. Deixava então que a proteção bendissesse a sua casa, chamava de casa ao recanto difícil, impregnado de líquidos, também águas de um rio chinês.

Imaginava o homem auscultando o seu corpo. Primeiro com a boca, seus outros instrumentos haveriam de trabalhar com a precisão da agulha injetando alento nas artérias. Não o queria ainda, antes devia selecioná-lo livre, também ela o peixe que se alimentava da agonia de sua raça.

Sempre se destinou às raízes do homem. Às mais profundas, acrescentava sem pressa. Teimosia estimulando as manhãs, ao levantar-se. Cederia sim, antes a resistência, e sorria compadecida, sua promessa de selvagem. Os adventos.

— Então, quando se casa, dizia-lhe o pai após a comida. Marta olhava-o como se tivesse poder de dar sumiço a coisas, pessoas mesmo, o que se incluísse no círculo mágico. Enfrentaria a arrogância que o pai criava para momentos como aqueles. Desde sempre lutaram. Quando ela nasceu e Antônia anunciou menina, o pai sentira o soco no peito, a mulher aos gritos reclamava da dor, o suor ocupando as nádegas, não havia lençol que aliviasse o exercício de projetar à vida uma coisa pequena e exclamativa e que já durara horas. Ainda olhara o rosto da criatura feia e esmagada pela passagem por uma vagina acanhada, que ele, e só Deus o perdoaria pela audácia, buscara dilatar, não visando à passagem da criança, mas ao prazer que não dispensava, e tanto que logo nascendo a criança poucos dias depois procurou a mulher, ela soluçando pela carga que se desferia em seu corpo tão recentemente castigado, sem que o homem então subindo e galgando montanhas se desse conta do que praticava, ainda que a filha no mesmo quarto aos gritos cobrisse os lamentos abafados da mulher e ele confundisse o prazer com a aspereza que a filha lhe jogava na cara e ele aceitou, porque o soco que recebeu no peito quando a viu parida no mundo não foi de alegria, algo mais grave espetava-se nos seus músculos, na vida que a inocência da criança realçava, mas sem prazer.

Desde pequena, a luta foi o rosto risonho que ambos possuíam, como linhagem familiar. Aprendeu ele com a filha a domar o gênio para não ofendê-la mais ainda como quando consentira em seu nascimento, pois não lhe abandonava o sonho a aflição da criança ungida em sangue, após vencer os corredores escuros do ventre da mulher e trazer seu nítido aspecto humano à terra, era vencedora.

Marta adivinhava o pai contrariado com sua dureza escondida tocando piano, gestos de tradição para que a ele quisesse mais ainda e dissesse: eis a filha do coração, com toda a dor da terra.

Erguia-se e Marta o sabia seguindo seu cheiro, rastro deixado atrás, para que ele não se enganasse. O pai vinha obediente, depois da morte da mãe, além do poder da terra, dedicava-se à filha, quem mais o surpreendia senão aquela certeza de carne, fibra que lhe despertava sentimentos raros, trono enfim de pétalas e pedras, faculdades feridas.

Ao piano ela começava devagar, até que o pai se instalasse ao seu lado. Interrompendo para cuidar das plantas em vasos de barro com terra de preferência próxima ao rio, embora lhe dissessem: Marta, por que escolher a mais fraca das terras? A todas plantara, espalhando vasos pela casa, árvores postiças, sobre o piano especialmente, alterando o som sempre que machucava as teclas. Não lhe importava a imperfeição. Há muito a natureza substituíra a inteligência, o bom gosto, o que lhe ensinaram acrescentando, com estes elementos, Marta, o solo lhe será favorável.

Ria tão discreta que os nobres lhe agradeciam a extrema graça em quem parece inóspita. Ela afagava as plantas inúmeras vezes, o pai identificando o número de carícias que cada vegetal lhe merecia durante uma única execução, raramente seu coração pulava no abismo, pelos equívocos. Sabia o coração de Marta enrugando como caramelo, pelo brilho do olhar. Nenhuma fala impulsiva, ou resposta tardia, ao que perguntara à mesa. Perguntou reconhecendo que jamais ela desvendaria sua verdade. Amor era a incerteza, ele concluiu numa das noites ásperas da sua vida, anos após a perda da mulher.

O homem disfarçava então acompanhando com os pés a música daquela filha grata ao seu próprio mistério. Fumava o charuto molhando a ponta no conhaque, até que Marta esquecesse que ele a amava, e ao seu lado ainda buscava brilhos e que a inabilidade de sua pergunta perdoava-se porque decerto ninguém senão ele assegurou-lhe tanta liberdade. Que Marta exigiu e mantinha como flor descascada, ferida, mas de frente para o sol.

Pequena, o pai não a quis assim. Buscou modificá-la, ainda que rumos não tivesse para aquela vigília incessante, olhos negros e abertos, tantas vezes a surpreendera em andanças pelos corredores, pulando janelas, perdendo-se nos jardins, ele então a seguia, para protegê-la, ou obedecer à tradição estabelecida entre eles, um ser a sombra do outro, quando os grandes feitos abatessem aquela casa.

Marta reconhecia-o sua sombra e construiu aquela silhueta como quem levanta uma casa, projeção de sua vontade, iam crescendo portas, paredes, telhados mil, disfarçados em outros telhados, enigmas soltos, todos abrigando intimidades. O pai aprendera a deslizar como índio, embora algumas vezes perdesse Marta e aquela perda, ainda por horas, doía-lhe pelo corpo, temor de que a arrebatassem, ou a ferissem, inadequado para jovens ingressarem na noite, tudo solto, os gatos miando e ela em oferta, sobre altares que o pai não construíra mas respeitava, do mesmo modo que árvores, pedras, o que acompanha a criação do homem, seu tempo então por que existia, indagava ferido pela imperfeição da sua busca malograda. Escondendo o rosto uma vez que o enigma de Marta não era o seu enigma. Então a fronteira, dizia ele dentro da noite, para que seu sussurro afinal atingindo a filha a comovesse, ela regressaria.

Marta surgia horas mais tarde, até o pai compreender com os anos que, antes da filha criar novos caminhos, devia ele inventar outros que fatalmente ela percorreria, sendo ela filha da sua carne. Dedicava longos prazos do seu dia a percorrer atalhos, desvendar árvores, a nada ignorar. Imaginava: Marta há de prosseguir por aqui, ou: Marta há de converter-se a este pequeno deus erguido pela natureza e que lhe competirá descobrir numa destas noites.

Sua técnica crescendo de tal modo que, ao perder Marta de vista, não se tornava difícil reencontrá-la, Marta pretendendo que aquele homem sob a proteção de um galho não era seu pai, um assaltante antes, ao seu encalço, prestes a matá-la, ansioso pelo seu sangue. Mas, protegida pela invenção do amor, via o homem cumprir suas determinações, até ela regressar a casa, ia para seu quarto, talvez transmitisse à distância para o pai: somos do mesmo sangue, pai, e eu não duvido.

Aproximava-se ela nas manhãs seguintes pedindo trégua, sua força exigia tempo para restaurar-se. O pai reconhecia que o gigante formava nela a ordem de que sempre dependeu para enfrentar o mundo. Mansa, a filha passava os dias ao sol, explicou ao médico chamado num momento de fraqueza e perdido entre orações. Mas exigindo esclarecimentos.

— De que modo os filhos procedem diferente dos pais, é normal o jeito livre que na filha instalou-se feio e duradouro?

Exame quando exigido, ela riu. Deixou a casa de cabeça erguida, nunca o orgulho lhe pareceu tão arma de homem. Até que o médico compreendesse que os caprichos assim tinham seu modo peculiar de se constituir. E, sondando o pai naquele sorriso perdido, descobriu aquela filha copiando o que o pai escondia como um escravo acorrentado ao seu navio negreiro.

O médico recusou a bebida do homem, o dinheiro do homem, a cortesia do homem. Assegurou-lhe que a sua filha era igual a um rio, suas águas prolongavam-se porque outras das montanhas mais tímidas defenderam seus primeiros recursos, querendo insinuar que Marta era do mesmo reino do pai.

O homem compreendeu que a lança que pretendera enfiar no coração do médico destinava-se ao seu próprio. E por orgulho familiar aceitou a desavença do estranho. Nunca lhe pareceu tão fecunda a paternidade, ter levantado ao nível da vida uma criatura estranha porque numa das suas ereções mais exaltadas enfiara-se carne adentro da mulher e ela concebera. Aquele mistério a que assistira distraído pela carne, a que deveria ter entregue uma atenção fecunda, não perder-se em gritos de gozo, mas de amor, já podendo dizer, Marta, então você existe, eu te inicio introduzindo-me na vagina da tua mãe, para que venhas ao mundo rainha, com teus graves defeitos que não entendo mas enfeito de pétalas para que te faças bela e eu te perdoe porque não entendo a quem criei e porque criei respondo pela criação diante de Deus e sou bastardo, sou bastardo por forjar bastardos?

O pai trancava-se ao espelho.

— Desgraçada. E chorava temendo a imprecação. O perdão sempre a consequência da sua ira. Atirava-se à cama, perdido em chamas, tomava do terço e dizia:

— Não é pelo desejo, eu sei bem, é pelo medo, gente como ela salva nossa alma. Ou nunca se chega a conhecer Deus.

E o surpreendia que da filha surgissem os testemunhos maiores, de quem mais senão dele haveria ela de herdar aquele sangue feito de pasta negra e triunfo de cobra, rastejante, discreto, mas apegado ao solo.

A ninguém queria, além do pai. Uma intransigência de cáctus, deserto era a zona aflita do seu corpo. Buscou no início compreender. A dificuldade de amar fácil, como planta aceita delicada o crescimento. Mas as plantas terminaram amor proibido, embora as quisesse. Colaborava com seu vicejar, para que cumprissem a perfeição da forma. Marta assoprava e dizia: onde está o teu capricho, planta. E parecia-lhe que também, como ela, a planta crescia frondosa, de segredos intangíveis. Comovia-a o crescer sem deformações excelentes. Se ao menos fosse pássaro, proclamou perto do rio.

Os bilhetes que lhe enviavam durante a semana, alguns rasgava. Os mais atrevidos conservava dias junto ao corpo, algumas vezes dentro da calcinha, uma singela vingança.

Pretendia que também os homens soubessem, os que a abordavam sem consentimento. Não perdoava a insolência.

No domingo pela manhã escolhia o melhor traje. Assistia à missa obediente ao pai. Cedia para não lhe dar porções mais generosas. Até que se reuniam todos no átrio, em mútua vigilância. O pai assegurando à filha que seu nome também importava. Marta como que dizia: nesta guerra, importa apenas o meu desafio. O pai adivinhando temia que atitude sua mais firme terminasse ferindo a quem devia a certeza de todo mistério. Marta emagrecia, ele pensou aflito, adivinhava.

Ela vencia as criaturas cruzando entre elas, água cercada de terra. Sacudia-as como poeira. E todas se afastavam. Conheciam os longos passeios de Marta, suas hesitações tementes. Os homens a desejavam como se ela fosse bicho, Marta assegurava-lhes pelo olhar não desconhecer a verdade, mas não a teriam a menos que se decidisse, do meu corpo cuido eu, seu olhar em chamas dizia, após as palavras sombrias do latim assimilado. Ela contornava as súbitas pedras humanas enxertadas na terra, e as dividia após sua passagem, pois lhe parecia a terra pródiga em benefícios e ia andando sem mexer quase as ancas, antes sua carne enxuta como se o sol a tivesse curtido de tal modo que pouco sobrava para uma mastigação feliz.

Os seios de Marta, sim, tão fartos, os homens proclamavam. Andando conduziam-se não segundo sua vontade, eram os seios a única liberdade extraída daquela fronteira.

A CASA DA PAIXÃO

Afinal Marta os encarava. Como protesto. Tinha-os diante dela. O pai a fixava, como se a desejasse. Confundia-se aquele olhar perplexo com qualquer coisa profanada. Marta descuidava-se quanto aos avisos, logo que estivessem sós, perto do piano, ele talvez lhe pedisse:

— Toque, filha, também a mulher realiza gestos discretos. Aludindo às lutas que jamais foram trazidas à mesa. Marta compreendia dever-se ao amor o esforço do pai em perdoar tanta audácia, e ainda por intuir nela, e naquele átrio repleto de gente uma vez mais ele não duvidaria, pois seu coração alimentou-se de tais certezas desde que a reconhecera filha da sua hesitação, ele que jamais pusera afirmação no exato momento em que a concebeu — a realização de atos desonrosos, mas a que podia perdoar, já que nela tudo se convertia em bravura, e ambos defendiam esta veemência, o pai leal ao signo de Marta para que seu corpo um dia ao menos atingisse o repouso.

Ele lhe fez qualquer gesto, sinal de fumaça, longe, bem nas montanhas. Ela foi fechando os olhos, o sol percorria as pedras da igreja restaurando um antigo roteiro. E aquele vigor de girassol, a própria luz, ia perturbando, como se já não fosse suserana do seu desejo. Sua missão era de escrava, tudo fazia em pura obediência. Amar o sol, como se amam as águas. Devagar tirava o bilhete do bolso, exigindo apreciação e que todos vissem. Sem confundirem gesto seu com o que não fosse verdade, que se transmitiu ali, naquele lugar, onde se enterravam os mortos, sob seus pés aquietados os que amaram o sol, apenas cerraram os olhos porque a morte os apodrecia e nem os raios dourados de árvores solares haveriam de salvá-los. Roçando o papel pelo rosto, que interpretassem, abrigou-se ele em seu poderoso sexo antes de arranhar sua pele. Pois vivia ela a paixão que não se desvendou pela desordem.

Assoprava e o papel como que se destinou ao voo, e ela não se cuidava. O pai pedindo ajuda mobilizou-se. — Proteja meus preconceitos, falou-lhe há tanto tempo, ela própria esqueceu, pois não lhe respondera naquele e em nenhum outro instante. O homem que era seu pai sabia-se parte da cerimônia e concedia.

Abriu a boca. Os dentes apareceram. De fera rastejante, alguma coisa livre. E a certeza de seu rosto resplandecente sustentava a coragem. Não hesitando, pelos homens. Também eles se alimentavam da sua ousadia, percorriam o caminho do papel, próximo da boca, queriam dela a sua parte mais ágil, até se fartarem. Marta guardou o bilhete na boca, tratava-se de um pêssego. Mastigando enfrentava os bichos, suas vibrações respiratórias ela enumerava, tão próximas. Detinha-os o pai, proteção permanente.

As mulheres repudiavam a boca ferindo o papel, agora uma massa, embora resistisse. Como se em vez de papel ela ali tivesse o que os homens sonhavam plantar, e ela aceitaria. Triturava até que se confundisse, não mais se reconstituía o que o bilhete dissera um dia e a desafiou. Encostada na árvore, uma concentração intensa, o corpo sim revolto pelo exercício que o pai fingiu esquecer para não se ferir em seus espinhos.

Marta buscava a discrição. Não os queria fendidos. Sem evitar, no entanto, a árvore muscular atrás das suas nádegas, cujos nódulos a penetrariam se conhecessem mobilidade e estado seminal. Sua vontade nestes instantes, ali na igreja, sob a vigília dos mortais entronizando os atos de animal em que ela se fazia, era dar-lhes as costas, ajoelhar-se diante do poder que cria uma árvore e a enrijece, de crosta semelhante à pedra, arrancando do vegetal frondoso e espúrio, após vencer a aspereza interior — e tudo lhe doera para que Marta soubesse —, sua macia polpa, que ali sempre estivera, coube a Marta descobrir com o mesmo orgulho que exibiu especialmente à beira do rio, quando seu corpo se iluminava, tamanha a fosforescência das águas. Uma árvore aos gritos após o esforço da mulher, e não por fruir apenas o prazer, mas recompensando em Marta a mais limpa esperança.

O prazer ainda discreto transmitia claridade. Compreendiam os homens que ela viera ali unicamente para proclamar seu desdenho, trocando a carne deles pela carne da árvore, e por ali ficaria até não mais suportar o modesto tremor invadindo suas pernas, com dificuldade sustentava o corpo, quase a escorregar, pois começava a arranhar com as unhas aquela superfície tosca, sigilosa, abafada e a que lhe coubera dar vida, sufocar-se sobre a terra.

A princípio o pai apreciara Marta de pé. A convulsão do peixe introduzida nos nervos. Usufruía a mulher aquele lento mastigar, pois o ódio dirigido aos homens não expressava desafeto mas sim não poder ela selecionar entre tanta abundância o indispensável para seu corpo, concebido pelo trovão.

O pai cerrava as mãos em torno ao livro de missa. Marta era a tortura da sua consciência. Não fez um único gesto para protegê-la da descida, o Gólgota da mulher. Tão pesado o silêncio, a cabeça tombada, como que o mundo o engolira entre sombras.

Temia o pai o destino familiar, ainda que Marta lhe confessasse, após perdê-la por tanto tempo, logo o reencontro tão penoso que ele mal a reconheceu, como que tivesse ela se transformado durante a sofrida ausência, embora então fizesse ver à filha que temera pela sua sorte, aquela saudade, pois isto ocupara seu coração e tudo lhe ardia, e não perguntasse ela a razão do sofrimento, pela sua intensidade ele unicamente respondia — ela lhe dissera, e por muitos dias o silêncio crucificou a casa toda pintada de branco, a todos pretendera agradar mantendo a limpeza daquelas paredes, escassos móveis, o grande terço que talvez enfeitasse a casa porque a ninguém ocorrera tirá-lo daí, quem dentre eles poderia ofertar ao objeto sagrado uma mínima segurança, então ela falou:

— Eu cuido da honra da minha casa.

A CASA DA PAIXÃO

Marta parecia morta. Sua sombra confundida entre arbustos. Ali abandonava um arrebatamento surpreendente. Até que lhe ergueram o rosto, uma mão de árvore, como ela passou a definir. Ela obedecia. Não era a mão do pai, ou de qualquer outro homem da comunidade. Um estrangeiro sondando sua pele, pensou com o coração aos gritos e fechou os olhos para não vê-lo.

Seguiu-a desde pequena. Antônia assistira a seu nascimento, recriminara o pai pelo olhar, limpou Marta perdida na placenta. Ela cheirava a azedo, logo Marta aprendia a esconder o rosto no regaço inútil prendendo a respiração. Mais tarde sofreu pela decomposição daquele corpo, pele martirizada, como a definiu assustada, sentindo-lhe o sexo pelo vestido.

Rastejava atrás de Antônia para descobrir-lhe o segredo, sua insubmissão ante qualquer virtude. A cara fechada, mal mostrando os dentes, suas palavras deviam ser ouvidas com cuidado, perdiam-se e ninguém registrava. Marta pedia:

— Antônia, comida, água, e bem depressa.

Só para vê-la correr, que não se pensasse morta, esquecida entre criaturas. Antônia parecia imitar animais, pelo modo de andar, rosto de cicatriz, pena por toda parte, seus cabelos assim criavam a imagem. Ela fede, Marta pronunciou estas palavras e apiedou-se do animal que servia à casa. Não podia imaginar aquele sexo escancarado, algum homem ali mergulhou como cobra. Temia Antônia livre para tais coisas. Uma mulher malcheirosa gozasse igual às espécies raras, aquelas mulheres magras e nervosas que de tão ágeis galgam paredes, lagartixas decepadas. Parecia-lhe que o sexo de Antônia supurava, ia insistindo, e não pelas doenças de homens, pois por tais malefícios a natureza misteriosa e obscura responderia.

Pela manhã, Antônia recolhia leite. Tocava o ubre da vaca como se o amasse, fazia uma espécie de amor naquela carne caída, lembrando a máquina do homem. Marta ruborizava-se com a comparação. Que o modo de Antônia extrair leite mais parecesse uma formosa ejaculação.

Antônia então perdia-se. Queria os atalhos das formigas, evitando Marta. E ainda que se encontrassem próximas a uma árvore, na cozinha, porque uma exigia da outra o cheiro ingrato das respectivas carnes arrebatadas, quase não falavam.

Marta sabia que Antônia devia amá-la como quem ama a mesa, cadeira, objetos minúsculos, extravagância que fosse dividindo a terra. Mas Antônia tudo fazia para que Marta a esquecesse. Não consentia que a quisessem mesmo por breves instantes. Marta trazendo-lhe flor, ela recusava delicada, pondo a flor no próprio peito de Marta. E, não que a homenageasse, antes a advertia severa. Antônia bem poderia confessar: meu fedor não se concilia com o seu, pois lhe dissera uma vez que catinga era também sobrevivência. Do condor ao homem, das montanhas ao pó. Nascera suja, e habituara-se. Limpeza maior teria transformado sua formosura. O pai via a aproximação das duas mulheres, uma quase excremento de animal, a outra a filha da sua perdição, compreendendo que a união dos seres raros era uma destinação natural, também ele seguia a filha, fiel e desonrado, suportava as dores no coração que as sucessivas descobertas lhe provocavam. Marta perdia-se em Antônia e em quem também ele se perdia?

O pai cuidava que Antônia não se ofendesse. Falando-lhe jamais a olhou diretamente, e só a enxergou quando buscando Marta absorvia Antônia próxima. Mas Marta reconhecia ser Antônia um dos recursos mais fortes da casa. Valia que ela vivesse mais do que a própria mãe, cuja morte vira de perto. Disse-lhe Antônia que a mulher tremera expirando, igual a um frango, esclareceu para que Marta fizesse a visão crescer em seu peito.

Antônia dormia no paiol, entre palhas. Marta levou-lhe café uma única vez. E não é amor, murmurou para que mesmo ela não confundisse sentimentos. Pretendia surpreender a mulher, feia e suja, no seu esconderijo de bicho. Há muito desejava sondar os arbustos mais secretos daquele corpo, como coisa miúda introduzir-se em suas veias, sentir seu cheiro nojento, a carne envelhecida, talvez indagar de suas razões.

A mulher não pressentiu sua chegada, nem por um momento seu roteiro de selvagem advertiu-a do perigo. Dormia vestida, poupando-se o trabalho de mudar qualquer traje. De pernas abertas, podia-se introduzir por suas portas adentro qualquer galho, ou um ancinho, não para remover ou escavar, mas devolver ao inferno as produções dos animais ardentes. Uma cabeça livre, sentiu Marta. Uma vontade de trepar na mulher, não para lhe tocar o corpo, sua audácia retraía-se visando outros contactos mais profundos, mas sim dominar-lhe a condição e pisá-la como quem esmigalha folha caída, detrimentos. Não resistia ao poder de fruta, ao poder de estrela, que aquela única mulher lhe conferia. Tanto que a perseguiu a pretexto de levar-lhe café, esquentar as veias talvez esclerosadas.

Antônia abriu os olhos. Espiou Marta, aceitando sua presença. Aquela criatura que a surpreendia por suspeitar de sua existência.

— Venha aqui, sua cadela.

Marta aproximou-se, também ela parecia expor o corpo a espinhos, dores, os sufrágios gerais. Invadira o reino de Antônia, pareceu-lhe justo aceitar a ofensa. Difícil vencer através de sombras um território povoado, tudo tão hostil. Guiava-a o cheiro da mulher, fedido, ingrato, tantas substâncias decidiram concentrar-se ali, para que Marta não se perdesse. Imaginou a mulher tragada pelo fundo da terra, a terra nua e que esplendor. Uma respiração pesarosa pedindo perdão porque Marta ordenou-lhe existir afinal.

A CASA DA PAIXÃO

Antônia não se ergueu. Usufruía daquela liberdade pela primeira vez. Marta estava tão próxima, quase dentro do buraco da outra, que mal suportava a aventura daquela mulher. Passar ao ódio, ou matar, não achou difícil. Como esmagar um bicho, subir em árvore, pegar algum fruto e projetá-lo à distância. Jamais se esquecendo de devolver ao chão o caroço que coisa estranha produziu, pois se todos eram andróginos, voláteis e concretos, e ela chupara inadvertida.

Antônia precisa morrer, pensou uma última vez. E partiu para o amor maligno, a espécie que lhe ofertavam. Sabia-se destinada a amar coisas ingratas, proibidas, o sol então, até abrir os olhos convalescentes e escolher o calor mais enraizado da terra, que se enraizara sim no solo das vísceras, tanto que entre dor e feridas Marta partira em sua caça, pois jamais duvidou do seu rastro. Calor era o destino cristalino do homem. E deitou-se ao lado da mulher, como se pudesse fazer amor com um bicho repelente, depois salvar a própria alma.

Ficaram quietas por muito tempo. Antônia, uma respiração acelerada, inseto registrando veloz a qualidade do voo, murmurava o que unicamente Marta compreendia, dizendo, não, eu te salvei entre a placenta, o produto vermelho, de mercado e bosque, te extraí da vagina da mulher e seria fácil te mergulhar novamente no olvido, enfiando tua cabeça na água, ou de volta às trevas de onde saíste, mas eu te salvei, como se salva o peixe nervoso, as escamas deslizam como navalha, como se escolhe o que ainda não se provou.

E murmurava Antônia estas coisas como se elas estivessem entre seus dentes quebrados há longos dias, comida conservada em álcool, não pedaços de cobra guardados em licor, e sacudia a cabeça asperamente como Marta jamais a viu agir antes.

Marta que soubera surpreender Antônia há muito tempo, quando em verdade se iniciara o arquivo secreto das duas, os anos se passaram então. Foi numa manhã de frio que Marta decidiu segui-la. Antônia entrou no galinheiro para recolher os ovos diários. Ela e ninguém mais fazia este serviço, brigava com quem a imitasse. Mesmo Marta fora expulsa quando quis substituí-la, sem se importar na sua breve fúria de que Marta julgando-se ofendida reclamasse com o pai. Talvez pelo pai compreender através de uma sagrada sabedoria, e pela qual não respondia, que unicamente Antônia devia recolher os ovos quentes, pulados fora do corpo frágil e hesitante das galinhas.

E seguiu-a do mesmo modo como a seguira até o paiol para ver aquela mulher conciliando o sono, embora Antônia ultimamente parecesse hesitante, teria perdido a virilidade que Marta apreciava, sem saber por quê. Antônia era andrógina, apostava-se em seu sexo e ela resplandecia inventando o que desmentisse qualquer conceito. Sem dúvida sua origem abandonara uma ilha qualquer, nativa de sexo duvidoso, estatura comprida, cabelos longos, homem e mulher como importar, para adotar uma sinuosidade de rio, perdido em tantas fronteiras. E Marta cuidava para que Antônia não produzisse no corpo naqueles instantes

A CASA DA PAIXÃO

um outro nascimento, como que criando outras armas, sofrendo a apatia de um mundo novo.

Pedia sigilo a observação intensa. Antônia de repente talvez erigisse uma barriga rotunda, quase uma criatura prenhe. Entrou no galinheiro fechando a porta. Revelava Antônia uma certa beleza que Marta jamais cuidara em admitir, a beleza do javali para os que compreendiam esta perfeição. E Marta avaliou o rosto aberto da mulher numa súbita alegria como se visse não a velha de hábito repugnante, antes o que se deixara carbonizar pelo sol que ela amava e por quem sempre abriu as pernas em busca do tormento maior. Tranquila Antônia recolhia os ovos numa cesta, agindo não se importava com danos, prejuízos, mas olhava os animais como se eles fossem Marta que ela ajudou a parir, embora o olhar que dirigisse a Marta fosse sempre esquivo, não o suporiam próximo do amor e o representasse.

Marta talvez condenasse a luxúria de Antônia recolhendo os ovos, até que Antônia sem mais suportar uma aflição que Marta de repente compreendeu e acompanhara desde o início, a que se devia a metamorfose veemente, a ponto de a transformar súbito numa mulher gorda, próxima a rasgar a bacia, no meio da dor espalhando rebentos pelo mundo — dirigiu-se para onde a galinha deixara, entre penas vermelhas, sangue delicado, um ovo recém-construído.

Ela contemplava o feno quente, justamente onde o bicho encostara a parte mais vil do seu corpo, a mais grata, ardente, a ponto de Marta querer enfiar o dedo pelo mesmo caminho que o ovo conheceu, não para sentir o calor que a coisa fechada e silenciosa conservava, mas para reconstituir de algum modo a aprendizagem de uma galinha, que Antônia talvez esclarecesse sob o domínio do amor.

Ela diria, não duvide, Marta, o parir dela é diferente, não se esmera como a mulher, suas dores percorrem caminhos contrários e não se indica dentre elas a mais honrada.

Teve piedade pela galinha, por Antônia contemplando perdida o ninho em que o bicho se encostara, ali estiveram suas extremidades apenas o tempo da sua dor, sua placenta era tímida, tinha excremento, penas e uma modesta linha de sangue.

Antônia agarrava o ovo trazendo-o ao nível do rosto, cheirava a coisa intumescida, recém-abandonada na terra e, além de cheirar, beijou o ovo em sacrifício, ou pleno voo, quase um objeto convertido em peça alada pela própria exaltação. Sem suportar, no entanto, o amor que se desprendia daquela coisa quente, úmida, que uma galinha entre tantas ali manufaturara, ao limite da velha sentir a produção da galinha projetando-se na sua cara, na cara de Antônia deviam localizar-se excrementos, vísceras, tudo o que a galinha intimidada pelo dever houve por bem fabricar — Antônia foi escorregando para o centro da terra, onde a galinha também nascia, todos da sua espécie eram concebidos deste modo, no ninho coberto de feno, penas, cheiro enfim que Antônia absorvera e agora vivia em sua pele. Ali ela ficou muito tem-

A CASA DA PAIXÃO

po, severa, até que as pernas sobre o feno se escancararam e imitaram uma galinha na postura do ovo.

Marta percebia que de tudo Antônia praticava para assimilar o animal, quem a olhasse não duvidaria, tanta a sua transcendência, como que a velha abdicara de sua figura humana a pretexto de ser a galinha que abandonou a luta após ingente tarefa, seu rosto assinalava o rigor da procriação, tremiam suas bochechas, os dentes, tão dilatada pelo esforço que Marta murmurou: que se consinta à criatura abrir seu ventre para a terra.

Quis partir ao seu encontro, arrebatar Antônia da pretensão suprema, explicar-lhe seu desempenho menor, mas a velha sacudia os braços como asas, a boca como bico, a crista tombada, perdida entre falsas nuvens.

Embora Marta não negligenciasse sobre a perfeição daqueles instantes, Antônia delirava — e foi sempre sua desculpa —, já não suportando a dor, agia como se de sua vagina estremecida saíssem sucessivos ovos, crianças, chuchus verdes, meio espinhosos, gritava porém, o pranto seu igual a galinha, ela cacarejava, um galo espalhando luz, advertências pela madrugada, sem dúvida uma galinha indo buscar com as mãos, na região escondida, o ovo fruto da sua paixão.

Pôs-se de pé depressa, antes retirando das nádegas, e o adotava como seu, o mesmo ovo que ali estivera.

Depois, na cozinha, Marta indicou-lhe o ovo que a velha guardava como filho e disse:

— O mais formoso de todos, Antônia.

Antônia olhara-a como escorregando por uma montanha, entre desmaios e tombos. Pediu que Marta ficasse, alguns minutos apenas. E parecendo ofertar-lhe um pássaro, hábito jamais cultivado por elas, fritou o ovo e obrigou-a a comer, do mesmo modo como havia exigido seu corpo ao lado do seu no paiol e ficaram assim, pausadas e obsequiadas, para que a respiração da mulher se fizesse mais forte do que a de Marta, quando se transmitiriam os segredos mais profanos.

Marta arrastou os dedos para conhecer qualquer deus existindo solto, sua única responsabilidade orgulhar-se da terra. Tocou a mão de Antônia e pensava que aquele instrumento ao menos uma vez introduziu-se no ventre de sua mãe, não hesitara em tirar ela dali com vida para entregá-la depois ao mundo, ou talvez devolver ao mundo vegetal, a que estaria mais associada, algo discreto mas que veio a constituir a sua própria forma.

Pensou que outras responsabilidades deveriam se creditar àquela mão, razão de a trazer até o corpo, que se aquietasse sobre seus seios, agora crescidos, rijos, quando acariciados, pudor natural que a comovia. Antônia repousava nos seios de Marta, a terra respirando fora, elas sabiam, Marta especialmente, que sua pele breve se arrebentaria em estrias quando o leite a inundasse, haveria de querer a cria, qualquer cria, e pediu uma fecundação de deuses.

Antônia deslizou a mão e tocou-lhe o sexo e disse com voz de arame farpado: sou velha, feia, mas daqui sairá a tua alegria.

Marta ergueu-se ungida pela sagração de Antônia. Sempre temeu que o milagre afinal jamais ocorresse, não fosse Antônia capaz de adivinhar. As duas procuravam transmitir à inocência da atmosfera as mais veementes verdades, pois queria Marta que Antônia participasse do seu abrasamento. Eram inimigas e se queriam, o ovo que a alimentou naquela manhã ingressara com fúria em sua carne como se o tivesse até então em seus tecidos, aquele alimento de que Antônia abdicara em seu favor.

— Então, Antônia, é a alegria que você promete?

Antônia espirrou igual a um animal, cabeludo, feio, fingiu agora dormir, obrigando Marta a desistir do espetáculo que seu corpo sempre fedido representou. Mas quando Marta por gesto qualquer buscou uma espécie de luz não traduzida, que talvez vencendo o final da noite tivesse enfim surgido, dando relevo à casa, às árvores, ao que se fez obscuro para se iluminar mais tarde, Antônia ainda lhe disse, e parecia uma ameaça.

— Do ovo, nós sabemos. E de teu sexo de sol?

Passava os anos em busca da filha. Nenhuma distração substituiu aquela. Pressentia no crescimento selvagem uma seiva de que devia se alimentar, para não perecer. A filha consentiu que ele a perseguisse, até não mais suportar a teimosia mal distribuída, que a atingia tão insolente quanto o próprio sol desferindo raios sobre seu corpo iluminado, embora suas pernas se fossem abrindo na tentativa de absorver o poder solar. Seu mais ardente amado. A ponto de confessar que o espetáculo do sol, diariamente apreciado, transformara-se na mais severa transgressão. Pecado queria mas atrás vinha o pai, cobrando taxas, um olhar profanando montanhas, suas pernas então os mais ricos vinhedos. Queria-o porque desde pequena ele se postara em sua porta. Pela manhã dizendo-lhe sim, filha, iniciavam-se as horas pesadas, liberdade ambos conheciam, e também a evacuação dos animais em tropeço por um estreito corredor.

Antônia servia-lhes o café, os dois tratavam do alimento com desprezo, nutria-os a lucidez brilhante de toda ausência. O pai oferecia-lhe os mais formosos cavalos.

— Não se esqueça, sempre foram meus.

Na estrebaria, montava-os para que ela percebesse no corpo do homem as reações dos animais. Ela investigava condoída a elegância do pai, o mau-trato infligido aos animais à procura do alívio pessoal, como se creditasse sua força dever-se à filha unicamente.

Marta sucumbia ao encanto do pai, o modo de ele escolher o melhor alazão, enfeitando-o com intensidade, quase Marta perguntava: será apenas animal o que você me oferece?

Mais lhe parecia que o pai selecionando os animais se reservava o direito de também um dia colocar em sua cama de espinhos um homem vizinho ao seu corpo com o intuito de abrasá-la, para que invocasse entre gritos de amor o nome do pai, e não por desejar sua carne, mas somente aquela figura viva e palpitante em cada hora de sua vida, e a que deveria reverenciar mesmo no amor.

Olhava-o com raiva. Ele percebia seus gestos de medida irregular, não lhe competiam os grandes acertos. O que desse a Marta, ela recusava. Era seu corpo uma aceitação natural das árvores, coisas silvestres. Temendo ele defrontar-se com poderes de que não se investira, embora em seu nome caçasse Marta, ela perturbava suas vísceras como nem a mulher conseguira, era a filha o único espelho, admitia ofertando-lhe animais, cães de epopeia, joias, ou quando a via atrás da igreja escalavrando a superfície de uma árvore.

Não ignorava Marta escondida nos arbustos, as margens do rio mereciam preferência. Antônia condenava ao pai sua eterna peregrinação. Chegara a lhe oferecer, e ele descobriu a ameaça daquele ato, uma gaiola vazia, para que apreciasse a delicadeza com que o arame construiu um labirinto pelo qual um pássaro jamais conseguiria mesmo com asas viris vencer sua prisão. O pai pediu-lhe café em troca. Antônia socorria vendo-o contestar o destino.

A casa naufragava na penumbra. Não se escolhia a luz como solução. Mesmo à noite, como que imergidos no mundo contrário à claridade. Marta insinuou-lhe, preciso desvendar o mundo, sem para isto abandonar a casa. Contentava-se com as terras em torno, algo mais avançado do seu corpo. Outras aventuras causariam repugnância, mas expressavam o mundo visível.

O pai compreendeu que aquelas palavras o proibiam de segui-la. Quis consultar Antônia, exigir soluções. Como se a condenasse pelo voo adejante de Marta. Antônia vendia-se a qualquer fruta podre, animais antigos, telhados, proferiu tal sentença para não ouvir reclamos mais fortes.

E, sempre que Marta deixava a casa, ele ia atrás. A vergonha, por ética, assim o orientava. Algumas vezes ele a perdeu e o corpo tremia como se a febre visitasse a obscuridade da sua pele agora conhecendo o envelhecimento.

Marta era o sol dos seus olhos, explicava a intensidade do sentimento, e, se não era o sol, era a crepúsculo mais temido do seu ardente hemisfério.

A luta estabeleceu-se entre os dois. Marta, querendo fosforescência solar, fugia do pai para alargar as pernas, recolher intensas reservas de calor. Não suportava que ele a surpreendesse em domínios estranhos. Embora soubesse: o que aquele olhar registrasse não viria à terra em forma de protesto.

Quando ingressava por caminhos novos, Marta tinha vontade de cantar, um bicho de pena. Sentia-se o galo daquela região. Pelo seu espírito de canto, sua altura de sino, solitário na secura da planície. E no jantar ambos trocavam olhares como se um advertisse o outro de que o vencedor, por questões de honra, devia calar-se.

Diariamente, organizavam torneios. O pai, armado de sabedoria, prometia vencê-la naquela tarde, ou na manhã tranquila em que a filha transformava-se em mar, ele o veleiro, tormenta geral, e era o beber água não querendo, os tubarões dentro, espinhas fincadas na pele, ela as arrancava com os dentes, unhas, a todo instrumento concedia uso, desde que o aliviasse da dor. E quando Marta, cujo instinto apurava a forma pela pesca que lhe faziam, sentia o homem descuidado na sua brava campanha, ajoelhava-se pedindo, mais do que vencê-lo, o prazer que a aguardaria logo que se confirmasse sua solidão uma outra vez.

Via o pai perdido em trilhas, desenhando pequenos mapas, enquanto tocava piano para distraí-lo de propósito, não viesse ele a constituir um acervo incalculável de pistas e caminhos corretos. O pai por sua vez invocava poderes. Querendo esquecer os falsos cantos, a filha que o internava no inferno e ainda lhe pedia dores e lamentos, como quem, nada tendo a oferecer senão sevícias, imolava-se quando lhe exigiam o sacrifício final.

O pai animava-a ao galope. Conhecesse a emancipação do cavalo, seu respirar ofegante, o suor que na pele da mulher a queimaria. E que outro animal a reconciliaria com os atalhos do homem, o animal habituou-se a conduzir a presa até a casa, quando o pai a aguardava. Ele propunha segui-la, por onde ela quisesse. Largava regalias e liberdades.

Marta agradecia o animal, o ar galante com que o pai o trajou de couro e disse bem claro, para que ele obedecesse:

— Iremos por caminhos contrários, e nos encontraremos um dia, pai.

O homem consentiu que a filha se projetasse de modo próprio. Pretendia perseguir o animal com sua égua parda. Marta disparou cheia de trevas, os olhos ostentando agonias que lhe competiam absorver. Por cada senda pensava: ele vem atrás, tenho certeza. E galopava por uma alvorada estranha. Nem a morte do pai talvez a liberasse da perseguição, sua pele dura, de metal ou couro. Ela queria o abrasamento, o sexo roçava a sela, as partes sensíveis procurando proteção. Iludiu-se brevemente com a natureza, o verde escavava sua alma até abranger áreas atrevidas. Logo atingindo o rio, passearia sobre águas, desnuda e escrava. Apenas a inquietação do animal repercutia nela.

O pai atrás de arbustos, galhos, sob risco de ferir-se, descuidava-se às vezes, assumindo, afinal, a perseguição. Há muito Marta compreendera seu dever, ele já não abdicava da ganância sentida pela filha estranha, carne de sua carne, mas cuja aspiração ao sol reduzia-o a cinzas.

Marta contornou o rio, largou o animal, sempre despreocupada. Agia como a primeira criatura após a criação. O pai intimidava-se com a proximidade. Nunca a vira tão perto, pareceu-lhe. Conhecia pela primeira vez os ritos da mulher, a sacramentação daquele corpo. Um enigma que ele pretendia decifrar naqueles instantes. Nem uma sombra restará de Marta, dizia-se como consolo. Seguramente então seu amor se acalmaria, apesar dos abalos sísmicos, haveria de se confinar a um terreno menor, e se entregaria à lavoura da velhice.

Ela afundou o rosto na terra, brincava com gravetos. E sem resistir ia molhando o corpo devagar, uma inocência de água, o pai jubilou-se. E quando abandonou as águas, como que enfrentando um mundo que longe de esmorecer a vitalizava, já não era o mesmo seu rosto. Uma respiração de bicho, sadia mas próspera. Retirava a roupa olhando para a frente, perdia-se em todo horizonte, a terra inútil.

Primeiro o vestido, para que o pai traduzisse suas intenções, jamais duvidasse da sua coragem. Dependurou-o sobre o arbusto. Uma bandeira de pedra, armadura, guerreiros provados em sua defesa. Acariciou o corpo como se fosse homem atingindo valentia de mulher. Procurava os seios, uma corrida de gato no telhado. Os seios da filha, maturidade de fruta concebida pela árvore. Os dedos escorregavam através da calcinha de rendas, gestos circulares, insatisfeitos, esgarçando ela a proteção como se tratasse de destrinchar um frango, até expor o sexo, coberto de grama escura, e deitar-se sobre o chão nua e branca, condenando o pai. Antes de enfiar-lhe a adaga, Marta pensou: você me concebeu, agora aceite a minha alma de volta.

O corpo prateado pelos reflexos de sol, o pai apreciava. Perturbava-o a maravilha daquela carne em que se perdia à distância como se apenas nascido lhe ofertassem a segurança das coisas perfeitas, porque as amava com puro instinto: a filha a quem a terra outorgara a fartura de todas as estações. Diante dela, nua na relva, indagava se seria seu o sangue que adotava a liberdade dos imortais.

Simples e tantas feridas, o pai partiu veloz pelos campos, ofendendo cercas, galhos desprevenidos. Certas chagas iam-se produzindo na pele e ele as desprezava. O ventre da filha impedia reclamos, proteções mais completas. Sacrifício de santo, agora eu mereço.

Chegou a casa, Antônia ainda lhe pediu perdão, suspeitando. Agarrou suas pernas, ela que nunca o tocara, tudo fez para que seus olhos jamais descobrissem aquele homem, ele sabendo de sua repulsa, também não ousasse desejá-la, pois a perversão de Antônia era fugir do pecado com a cautela dos que se destinam a ele — e deixou-se arrastar. O pai chutou-a como pedra.

— Largue-me, bicho porco.

Antônia gritava escarrando sangue que durante anos estivera em sua boca, ela de teimosa foi engolindo para que nem a terra conhecesse o que não estava disposta a ceder. Trancou-se o pai no quarto. O corpo em fogo rasgou a camisa, quero ar, preciso de perdão, ele gritava, e ia extraindo a roupa, atirando-se ao chuveiro até tremer de frio, preferia morrer, agora soube. Temente de tanto desafio que Marta enfiara na sua vida esperando resposta. Luta igual só conheceu quando os animais se enfiavam uns pelos outros, e gritam, sem dúvida sucumbem, armadilhas mais temíveis a natureza inventa, para que procriassem.

Quase extinguindo-se a consciência jurou vingar-se. Perdão ainda preciso, resmungava. Recordou o homem da igreja, mão de árvore, ele o julgara então severamente.

— Se é de macho que ela precisa, eu lhe darei.

Colhendo uma folha do vaso sobre o piano, aspirava seu cheiro, como se estivesse solitária na sala, Jerônimo e o pai não a observassem. Só lhe importavam as próprias mãos. Dependia da qualidade do gesto para enfrentá-los, após a batalha da ceia.

O pai primeiro a ameaçara ao longo da semana, que se mais acrescentasse ao mundo, pois devia bastar a fartura com que inundou a casa, ele também tomaria providências. Marta sentiu o pai ferido por farpas, a dor secreta. Consultada sobre os estranhos desígnios do pai, Antônia fez-lhe ver pelo olhar perdido e o andar descompassado que há muito a casa perdera-se na escuridão.

Preparou-se Marta para o sofrimento como quem aceita o peso da cruz, a obscura origem da madeira. Para tanto em pleno sol, e orientada por um tremor de que não se libertou a partir da advertência do pai, foi cortando os cabelos: devia o pai certificar-se de que uma guerreira de águas provadas fortalecia-se a cada luta, venerando mortos, sacrificando coisas amadas.

Acompanhou os fios espalhados pelo chão, eles pareciam cultivar safras, sementes delgadas. E a inquietude da sua carne mutilada para o pai aprovar seus desmandos convertia-se em trigo incendiado pelo sol. Quando a viu magra, os cabelos aparados, o pai admitiu sua vitória. Eles já não mais podiam esclarecer os sentimentos dispersos, acumulados como pedras raras. Empenhou-se para que o medo não o ferisse mais, um companheiro das noites abertas ditando-lhe absurdos, zonas nebulosas, não o deixando mesmo no café da manhã, quando saudava Marta, sua exaltação de seda leve.

Jerônimo movimentava-se segundo os avisos do pai. Sua obediência ela percebeu logo no início. O pai ameaçou Marta delicado trazendo-o pelo braço.

— Amigo de cidade distante. Come aqui esta noite.

Marta sondou o homem, servo do pai, com sua estatura de árvore. Antônia apressava-se com os alimentos. Marta tudo fazia para que Jerônimo cometesse algum pecado. O homem inclinava-se diante dela como um modelo. O que ela fizesse, o corpo grande aceitava. Uma submissão de sapo, mas também uma vibração nascia daquela pele, ela compreendeu as entranhas do homem, expostas. Jerônimo dizia-lhe, mal conheço a cidade, os campos menos ainda, um dia talvez ali ficasse, dispunha de tempo, e ria brilhante, dentes exibidos a cada dentada, como flor daninha, não tão visível que se perceba o perigo, e Marta exaltava aqueles defeitos a toda ação que ele praticava. Seu apetite a irritava, perdoava fingindo não vê-lo. Ofertava ao pai uma atenção distraída, vocês serão os únicos nesta noite a usufruir desta campanha, dissera sabendo um e outro seus leais servidores.

Dama da corte, eles asseguravam a Marta. Ela correra ao piano, a rocha inexpugnável, os homens sorriram, enquanto o pai negligenciava o compasso, ele que se habituara a escandir através da música as suas orações.

Marta sabia que embora submisso ao pai, e ainda condoído pelo dever que lhe impunha uma mulher orgulhosa — Jerônimo a descobria com violência, dedicava-se mesmo a ouvi-la, acorrentado às minúcias, sua sombra de vela, sua estranha obscuridade. Marta murmurou, mas ele ouviu a acusação:

— Escravo de meu pai.

Jerônimo aceitou o charuto, imitava os movimentos do pai, ria do homem em fugas de relógio, peregrinação pelo tempo. Antônia trazia café, ele aceitava. Um calor urgente desprendendo-se de todos, Marta passava a alisar os braços, não cuidava que a condenassem pelo amor exaltado. Aspirava sim a folha e disse baixo que nem Jerônimo capturou, ainda que pressentissem o perigo:

— Não é este o cheiro que me interessa.

A princípio devagar, delirante depois, esfregava de olhos fechados, qualquer visão inesperada a teria ferido, repugnava-lhe o amontoado de verdade que a conduzisse à eternidade — pelos braços esfregava não uma folha, muitas arrancadas brutalmente com a ajuda de Jerônimo próximo à sua pele, quase ele a tangia como um animal bravo, embora pretendessem não se haver tocado. Escravo do pai não seria seu senhor, pensava Marta no vestígio do sonho que Jerônimo respeitou por dispor de tempo, ele se dissera, não agora, ainda na mesa, quando a olhou com a intensidade dos infiéis, uma rara ambição, era livre para decidir, e naquele olhar Marta encontrou o desespero, mais seu do que dele seguramente, ela porém podia salvar-se sem depender do estranho, ele vinha de mãos samurais sem lhe pedir socorro, ou enviar bilhetes como os outros e igual aos outros pedindo seu sexo amargo, seus seios de girândolas, tingidos ao sol.

O pai não suportava o cheiro das plantas atrevidas ali sobre o piano. Não ousava contrariar os mapas cheios de rios, as lagunas, istmos, todos de Marta. O seu fervor não estava em julgamento, dizia para compensar as derrotas infligidas pela filha. Afinal a concebera distraído, deveria responder pelo mistério que Marta assegurava-lhe todos os dias, para não sobrarem em seu rosto consumido áreas vazias. Marta exalava a vegetal e resina. Era sua paixão, pensou Jerônimo, perdendo-se na bravura desmedida, ambos compunham traços selvagens para o corpo.

Antônia trazia toalha, água. À distância pressentira os gestos de Marta, seu valor de planta escura, cultivada entre sombras e gritos, a que respondia porque de sombra e gritos era feito o seu corpo. Jerônimo molhou a toalha, antes experimentando a espessura no próprio rosto, ordenando a Marta que abrisse os olhos, não pedia que aceitasse a sua liberdade migratória, mas compreendesse o ritual a que ele se submetia para salvá-la. Disse outras coisas baixo, Marta ouvia compadecida. Pressentia o vigor do homem pelo modo delicado com que lhe extraía o cheiro agreste. Sem a tocar diretamente. Marta condenava-o porém:

— Escravo do meu pai, disse pela segunda vez. Jerônimo trabalhava estando na terra, arado seu instrumento único e não podia abandonar sulcos nos quais introduziria sementes, abalos sísmicos, os crescimentos.

O pai seguia a ação do homem. O coração o arrastava pelos territórios vermelhos, pensou perdendo a alma. Jerônimo tratava com desvelo da filha, e ele fumava charuto, bebia o conhaque para amortecer a queda. Tinha ciúme do estranho, o bruto visto no átrio pela primeira vez. Ousara o que se pensou impossível. Erguer para uma terra mais firme, sempre desconsolada, a filha que se arrastara até o chão pela árvore afora, mastigando os bilhetes, uma fome inenarrável, alimentícia no entanto.

Buscara-o durante alguns dias. Ele se esquivou à abordagem, o pai aparecia e Jerônimo tomava o cavalo, partindo distante. O pai perseguiu-o horas. Como a filha, o estranho inventava rotas, dificultando os que vinham atrás. Até que o convidara para jantar. Jerônimo logo argumentou: comida de estranho é veneno para mim. O pai ergueu-se em tumulto, por Marta apenas perdoava.

Explicou: se é homem de coragem, sei que não hesitará. Jerônimo obedeceu ante a promessa: mais do que a filha, você terá liberdade depois. Com a faca descascava frutas, nutria-se pausado e o odiara então pela rapidez com que aceitou propostas difíceis.

Jerônimo afirmara:

— Se não consigo a mulher em tempo determinado, vou embora e faço as pazes comigo mesmo.

O pai lhe pedira correção, no dia marcado aparecesse, as ordens ele cumpriria segundo o andamento do caso. Ou talvez devesse agir segundo um método pessoal. Ele, velho, como poderia pensar o modo pelo qual a filha amando cederia o que não se devia mais conservar no corpo cristalino, mais belo como aquele ninguém vira, quase gritou para que Jerônimo perdoasse os destroços da sua última linhagem. Jerônimo ouvia como quem não condenava galinha, gado, muito menos gente. Disse que sim, nem minuto a mais nem a menos, Marta é seu nome, não é?

— Marta ela se chama, minha única filha.

Jerônimo esclareceu e com certo esforço que nome assim nunca vira perto, mulher de raça como a sua eu só poderei avaliar quando conceber criatura minha, talvez seja este o destino da nossa união, e então sabe, e então quer? para que o pai sofresse as rugas gravadas no rosto com violência, tanto que correspondendo ao apelo do homem chorou como só o fizera no enterro da mulher, mas afirmou ao estranho: a este espetáculo você ainda assistiu, os outros não verá nunca mais. Jerônimo esticou o lenço para ajudar a quem decide sobre pedras ásperas. O pai rasgou o pano, Jerônimo sorrindo fingia-se submisso, deste jeito aceitaria o pai a penalidade de sua chegada.

Marta consentiu na limpeza, talvez o homem lhe extraísse migalhas de plantas, protegesse sua natureza das seivas que seu corpo abundante produziu às vezes em inocência e não chamara Jerônimo para salvá-la.

— Escravo do meu pai, falou pela terceira vez.

Abandonando a mulher, Jerônimo olhou o pai. Ele acompanhava a música com os pés. Aguentou o olhar do homem como suportara a própria decisão há muito tempo. Sua derrota ele mastigava como os bilhetes, dispensando porém testemunhas. Jerônimo pôs a toalha do lado. Antônia empurrava-o para longe do piano. Também o pai punia a seu modo. A serviço da astúcia do pai, Marta sorriu. Chegou a beijá-lo pela primeira vez nos anos que se conheciam. O protocolo da carne junta eles aboliram, ela pequena. O pai aguentou a respiração da filha, afinal merecendo os reparos que ela lhe fazia.

Há muito não comemorávamos, quis o pai que todos se calassem. Depressa Marta o beijou novamente. Seu corpo em agitação, tudo a naufragava. Foi até à janela e pulou para fora, o exercício dos músculos ativos a encantava. De novo tomou o caminho da casa, com o mesmo salto repetido. Jerônimo via a mulher em crise, suas roupas voando, o pai sem mover-se da cadeira, para socorrê-la ou afogá-la.

— Posso mostrar-lhe a terra, ele disse, desobedecendo aos próprios planos. Marta agradeceu, sua carne já não suportava o ódio, a encomenda representada pelo corpo do homem.

— Não sei se nos veremos ainda uma outra vez, ela desfilou diante dele o corpo ágil, experimentando em andanças múltiplas passeios a cavalo. Jerônimo olhou o relógio, obedecera ao pai. Marta esperava vê-lo confessar, desta vez desisto. Ele fingia desconhecer a exigência da mulher.

— Então, ela insistiu. O cheiro da mulher entrava-lhe nariz adentro e uma intensidade preciosa ocupou o sangue como só conhecera quando deixou a casa e nunca mais voltou.

— Responda o senhor, Jerônimo exigiu.

Marta dirigiu-se ao pai, ele custava a levantar a cabeça. Até não mais suportando as criaturas dissolvidas em ácido, segurou Jerônimo pelo braço e falou, para não esquecer ela que destino também se faz, como mapa:

— Por alguns dias, nós o teremos em casa.

Eu me sacrificarei ao sol. Meu corpo está impregnado de musgos, ervas antigas, fizeram mazelas e chá do meu suor, todos da minha casa. O próprio pai esperava eu dormir para que transpirando eu os beneficiasse com vícios, minhas inúteis conversões, pois sempre eu me convertia às árvores, sombras, à memória de um corpo venerado quando dos sacrifícios ao sol. Sol abrasando o lombo, descasca minha pele, aspereza tão digital que me faço água no vasilhame, aceito a forma que ele me dá. Sou a carne que ele desnuda. E a paixão da minha carne, afinal decidida à força dos raios, é semelhante aos que se destinam à morte. Morte eu queria, pelo prazer, pela agonia de privar com pedras brutas, trabalhadas com a língua pelas criaturas religiosas, tanto que as depredaram. Fosse então a pedra o desenho inventado para servir aos seus deuses, quando sobre altar exigente invocariam milagres, também imagens, e eu gritaria para Antônia e o pai ouvirem, sem pedir socorro, a salvação de me perder. A salvação da alma está entre minhas pernas, pressenti já menina, quando os raios exaltados do sol me prenderam. Eu que desprezava a chuva, água vinha eu me afligia, fazendo-me mulher enfim o pai perguntou, então para quando o casamento, insinuando é tempo de escolher companheiro. Antônia ouvia calada, só servia mesmo para limpar cozinha, gosta de excremento, matérias úteis sim mas jamais trazidas para a sala de visita. Olhei sempre o pai como se a autoridade do homem dependesse de qualquer paixão para se legitimar. Ele ouvia o silêncio mais feroz que garanhão e trazia-me café, distraindo minha carne dissimulada. Eu era o camaleão, mudava de cara querendo, escapava dos caminhos quando caminhos mais preciosos eu sabia existirem na terra desde que eu os desbravasse. O pai intuiu, o demônio me ocupava. Ah, como era generoso e maléfico fornecendo amplas fórmulas! O pai para remediar, fingir que Deus era a luz da casa onde eu me abrigava todas as noites, vinha atrás, sempre deixei que ele conhecesse o fracasso. Às vezes surgia diante dele quase dizendo, eu sou a graça, o paraíso que você precisa e não soube escolher. Ele parecia encolher os ombros, os olhos escondidos e eu novamente desaparecia, só nos víamos de novo transportando um sentimento desordenado, muito depois. Antônia servia logo o alimento, exigia que comêssemos, de outro modo nos faltariam forças para as outras corridas. Eu recomeçava, trajes mesmo noturnos, deixava o quarto devagar, para o homem não suspeitar, ele se tornara meu frondoso inimigo, e seguia lebre livre, animal de pedregulho, arrepia-se rastejando a terra, o homem como que incendiado pela mesma sabedoria que me fazia escolher a terra em vez do céu, levantava-se então. Antônia contou, ele sempre soube dos seus mergulhos na noite, mesmo sem invadir seu quarto, pois, se agisse deste modo, seria uma profanação. Sim, bastava o pai alisar a porta do meu quarto e pressentia passagem humana recente, dizia minha filha passou por aqui. Seu faro era de perdigueiro, jamais se equivocou. E, não me perseguindo, deixava na entrada do meu quarto um copo de água, um ramo silvestre, outros indícios passou a inventar com o vencimento dos anos. Nosso convívio tão de espinho que mesmo tocando piano ele ouvia, abençoava minha alegria, de espécie esgarçada, mas que não lhe convinha. De que se faz a glória de quem se exalta deste modo, devia perguntar. Tirava o relógio do bolso, olhava as horas, ainda que jamais dissesse, vamos, termine logo, mal suporto orações aos mortos. Pressentiu sempre que para provocá-lo meu canto era de prantear os perdidos em ilhas, tumbas, galerias escuras. Mas já pela manhã o meu corpo que ele quis e escondeu o sentimento como escondera tesouros outros que mais do que a mãe inventei para ele, o meu corpo, sim, iluminava-se sob a certeza do sol, que mais quero se o sol obriga-me ao amor, pesado e difícil. Homem que chegar ao meu corpo há de vir porque o sol veio primeiro, sondará meu ventre porque ali o sol esteve primeiro e plantou tais feitiços que para que me ofertem espasmos equivalentes será homem que os homens da região não são. Olho-os na igreja e eles sabem, não copulo com nenhum de vocês, sempre foi assim minha ameaça, copular é serviço de homem e mulher, mas homem eu escolho, sou mulher porque não desconfio do fervor com que abro pernas, deste modo o sol bate à minha porta, o líquido dourado que imita água na minha carne é a segurança que o sol exige e eu ofereço. Sol é o meu ventre, sol é o pênis precioso da minha terra encantada, que o pai ouvisse estas palavras, soubesse que a mãe talvez o teria amado do mesmo modo, ainda que ele a tivesse torturado exigindo prazer e concepção, mas o que saberia ele da mãe? Sabe acaso o que já não dispensa, se sou a intransigência da sua alma, a imensa fragilidade do seu corpo crespuscular. Mas o pai ordena, limpem o rio próximo às nossas terras, como se as inundações fossem mais perigosas que as sentidas pelo meu corpo, e enfeitam elas a mata. O pai me segue como um cão, cão é o pai que me fez porque amava a carne, antes de me amar, mas sem a carne o homem peca, cai no olvido, sem a carne, ah, a carne o sol tosta, arde tanto que abro as pernas, escorrega o líquido dos meus olhos, minha testa, minhas axilas, os olhos que conhecem a viagem mais longa vivida pelo corpo, dali tudo mergulha aos meus seios, intocados, martirizados, eu ingresso na própria pele até o ventre pronunciar os sons carnívoros, espasmo é a mulher, o ventre descarrega seu óvulo de lobo, seu óvulo de montanha, seu óvulo de galho seco. E me persegue o pai, surpreendeu minhas pernas esquartejadas, sou escrava do sol, então não sabem? A todas refeições eu o reverencio, para que o sol aprenda e me libere. O pai agoniza a toda hora, saberá que sofro a vontade de me dar ao altar sagrado? Sacrifício é meu destino, e os sacerdotes me abririam o ventre, e o enfeitariam com exagero a ponto de o ameaçarem, que se convertesse em canteiro sufocado quando meu ventre, ventre meu, falo teimosa para não esquecer, é de altar, para sol virar homem e me penetrar. Odeio os homens desta terra, amo os corpos dos homens desta terra, cada membro que eles possuem e me mostram, para que eu me abra em esplendor, mas só me terão quando eu ordenar. Homem que for herdeiro do meu corpo eu acusarei em via pública, eu o derreterei com meu suor, eu o acusarei de assassino, inocência também enxergarei em sua carne, uma inocência perigosa conhecendo o perigo, chamas sou, chamas, mas ele veio porque o pai trouxe, o pai sabia, breve eu perco a filha, a filha se fez para salvar o universo, e não alterar seus eixos. E trouxe o homem, um garanhão de prata, moreno escuro, gigante de caverna, crocodilo da minha carne, serpente do meu ventre, e eu o odeio, o pai pensou, a filha não se decidindo eu decido por ela. Nestes dias Antônia distribuiu sopa aos pobres, os homens querem descarregar esperma como sopa, eu sou o prato dos homens não escolhidos pelo pai, lepra não serve para minha pele, teria dito o pai no átrio da igreja querendo salvar a alma. E ninguém sabe de onde veio o estrangeiro. Eu o enfrento como uma noite escancarada, aceito esperma, óvulos contagiados, e os frutos mais tristes. O pai trouxe o homem para eu esquecer os roteiros venerados, sigo o rio e me escondo, até o sol incandescer-se como fogo. Sei quando o sol me quer selvagem diante de sua ereção, vou ao sol como virgem, porque sou virgem e meu homem virá quando esta virgindade tornar-se uma epidemia de pele, doendo por toda parte, sacrificando braços e pernas, tanto que desnuda — a nudez é a permanente companheira — atiro-me à terra, minhas pernas de frente ao rio, as águas, brisa que esqueço pela ardência do sol, abrem-se as pernas mas logo sobem cumprindo um círculo indispensável, não que me exijam mas eu imito a fecundação, nada em mim cancela o delírio, trago tanto as pernas aos seios que os obscureço, eles que são a tradição da minha casa, em prol da minha vagina nobre, que o homem um dia terá, e onde o homem que me possuindo copiará o vigor da terra, a enxada como serventia, parece minha cabeça formar movimentos originais no planeta que habito, e sou quem, diz gozo preciso, e não toco quase minhas partes, promessa assim cumpro e tão difícil, profundamente apenas o homem me sondará, peço sua aspereza como peço volume à pedra, distância para agir. Uma aspiração de milênios e o gozo não vem, ondas sim, circulatórias, são elas vorazes, como se bravas espinhas de peixe tocassem o que os pequenos lábios da minha ostra escondem, e não por ser o mais precioso, precioso é todo o corpo, eu compreendi pelas amargas ondas que me transpassam. Eu estou na cruz, de dentro e fora, eu me tornava o mais valente circuito da cristandade. Meu corpo como nenhum outro mais ofendido, o pai talvez blasfemasse, mas o corpo é assim, na sua posição de luz, pai, luz ou treva, não se aceitam estações intermediárias, a vida inocente, pela qual não se paga preço elevado. Selvagem sou sim, pai, pode rejeitar teu sangue que é o meu porque eu o vitalizo enfrentando o sol no altar improvisado do meu corpo, que altar melhor organiza-se quando o corpo o sustenta. Sou o corpo do sol, a luz do sol, e espasmos que peço. E então o homem não surge para cumprir o que o corpo afinal deve conhecer? O homem, pai, que você trouxe, ah, Jerônimo ele se chama, e eu o mataria mil vezes no meu altar, ele é escravo do pai, escravo da tua cristandade, pai, escravo do teu átrio, do teu arbítrio, e os espasmos me contagiam, exultam meus dias e as noites, só depois sou um volume despedaçado, uma respiração exagerada, mas não tanto como sei que será quando o homem me habitar, e debaixo do sol atrevida que sou fico muito tempo, não o tempo que preciso. Talvez o pai apareça e me veria desnuda, obediente ao criador. Ordenou ele a nudez para servir mais do que o corpo à beleza da terra, e para que o pai não me veja como o Senhor me fez. Sou deusa da fertilidade porque não concebi, sou senhora da carne por não ter conhecido homem ainda, sou tirana do sangue porque imagino o corpo do homem em ascensão sob o dever da carne parecida ao arbusto, a que cederei dor e sangue, para que se veja ele nas expressões da minha luz arbusto, foguete, sol afinal concebido e premiado no regaço de minha carne, e meu ventre se perfumará. Ah, o perfume do suor odiado, do suor tantas vezes extraído pelos corpos em movimento de cachorro vagabundo. Sou carne vagabunda, pai, pois sou carne preparada, sem hesitar. Ergo-me, tomo de minhas roupas, elas sempre estiveram onde eu as coloquei, nem a alegria embaça meus olhos, de novo erguida à categoria de uma terra maior, sigo em busca da casa. O pai perdeu-me, quantas vezes achou-me, e em seus olhos eu via a acusação, ele em mim a alegria da minha carne recuperada, em casa, Antônia, sempre com o cheiro de coisa feia, esconde-se dentro das arcas, ela traz alimentos, como o pai trouxe o homem, eu o chamei Jerônimo uma única vez, ele enrubesceu e seus olhos como que ordenavam, chame uma outra vez, eu fiz que sua carne amargasse ter vindo com o pai, ser escravo do pai e não disse Jerônimo, embora dentro tudo gritasse, sim, eu tinha desejo de dizer Jerônimo, o homem Jerônimo, a carne Jerônimo, o sangue Jerônimo, ele mais parecia o título da terra, a terra se batizara segundo Jerônimo, e Jerônimo batizando a terra com seu nome batizava meu ventre de Jerônimo, como flores, como animais, eu expulsava o batismo, Jerônimo dizia, meu, eu te chamo agora Jerônimo, em vez de Marta eu sou Jerônimo, como Jerônimo também eu possuo seu imenso sexo, sexo que me desonrou só pelo olhar e meu ventre carregando aquele sexo mais parece um hermafrodita sofrido, séculos o separavam da vida, e eu era a vida, Jerônimo escravo do meu pai dizia, vamos copular, não, ele não dizia, seus olhos cumpriam a ordem, então eu fui dormir mas não dormi um único instante, Jerônimo como que pulava a janela do meu quarto, vinha para minha cama, privava-me dos agasalhos, ordenava, mulher é minha sempre que eu entro nela, e me entrava eu não queria, ou queria, que não podia aceitar, o pai no outro quarto estaria ouvindo Jerônimo agir como talvez ele quisesse e temia ver-se obedecido, e o pai bateria no peito tantas vezes que Antônia, servindo-lhe o café da manhã, tocaria em sua camisa branca agora um mapa de sangue e correntes de rio, e Jerônimo me tomaria como se agarra uma pedra, joga-se ao poço, e me naufragando em sua espessura de gigante se descuidaria com meus gritos, mas eu reagiria que tivesse ele justamente pulado a janela me tomando como se toma o que não se quer, em vez de me transportar para o rio, ali, e só ali, me fecundasse banhada pelo sol e suas matrizes fartas. Eu odiava o homem que o pai me trouxera e em cujos olhos eu via o assalto noturno. Eu invento assaltos para enfeitar a morbidez do meu desejo, ou a morbidez dos outros, que se tampou com cobre, cobriram seus sexos oficiais. O meu o sol derrete todas as manhãs, sou sexo até nos olhos. Naturalmente o pai me acusa, sou parte da existência. Ele trouxe Jerônimo para que Jerônimo ocupasse meus quadris, internasse por minhas carnes, atingisse as estruturas iniciais do meu seio com sua carne imperecível e cristã. E o pai o trouxe, sim, ele se chama Jerônimo, e eis-me ao sol. Em casa eles me enxergam. Se me servirem coalhada, eu como, sou cabra, das minhas entranhas expulso leite, ardentes projetos de queijo. Se me servirem carne pensarei, é carne de Jerônimo, mas de que parte do seu corpo teria vindo esta carne fresca e agradável que me alimenta como nenhuma outra. Mas se Antônia puser sua mão em meu ventre que não me ameace novamente, o que se fizer em minha carne se estará fazendo no mundo, direi a Jerônimo, escravo do pai, ele se chama Jerônimo, eu sou Marta, ele Jerônimo eu

— Satisfações eu não peço, vou pela sombra, o que descobrir o tornará meu inimigo.

Disse-lhe o pai depois do jantar, Jerônimo grudado à casa, não querendo partir, compreendia a disputa daquela alma. Nas manhãs seguintes ambos se dedicaram às mais severas inspecções. Jerônimo caçando Marta, o velho perseguindo os dois. Jerônimo agia devagar, a pressa talvez extinguisse o desejo, que cultivava com a primazia enfeitada do seu corpo. Luz eu quero, quis explicar ao pai. Mas o pai, embora o quisesse associado aos seus planos, não o perdoava por ter-se aliado a ele.

Marta unia os homens junto ao piano. Até deixar a sala, quase chorando. Antes, ordenara aos dedos a música dolente, para que todos sofressem. Eles insistiam, queremos a música mais feliz. Ela fingia não ouvir, música assim apenas seus deuses mereciam.

Proclamava no quarto: ah, se ao menos eu acreditasse no espelho, desculpava-se. Julgava difícil sondar o rosto, por onde Jerônimo passara sem censuras. Ele vinha como quem não a queria tocar. Marta sentiu o esforço do homem depositado no chão, quando ele passava. Tinha piedade pela sordidez que ditava jogo tão comovente. Quase ajoelhou-se aos seus pés para lhe explicar, deste modo nem você e eu resistiremos muito tempo. O pai avaliava o esforço da filha em trancar-se no quarto, não porque temia o perigo, antes maravilhava-se com ele: breve, também eu escutarei o surdo murmúrio do meu corpo.

O encanto em que vivia, e a dificuldade de respirar, Marta não pôde esclarecer. Jerônimo pressentindo disse ao pai:

— Está enganado, velho, vim porque obedeci no início, mulher eu sempre quis, destino de homem é resolver-se sobre coisas valentes e abusadas, obedeci então, a filha acusou-me de ser teu servo, fui até agora, mas meu tempo de servidão terminou, pois escravo tem tempo certo, vive e morre, cumpre ciclo, o meu está esgotando, ah, eu sei que sim, basta Marta passar com seu corpo de animal sem dono para eu saber, e, quando ela também souber de mim, que minha vontade há de cumprir-se nela, nem o senhor poderá impedir-me, não é seu desejo que cumpro, servirei à minha natureza, isto sim, e para saber bastaram algumas horas, já no dia seguinte eu a segui, ela descobriu, sempre soube, desde o primeiro momento, que eu não resistiria, arrastava-se pesada. Seu corpo ainda destilando fluidos, para que não se duvidasse da fertilização encantada. Fui atrás, não sei se ela percebeu no início. Sua meta era de salvador. Vencia pedras, regatos, convertia-se em criatura alada, rindo de repente, ela como que decifrava códigos da Mesopotâmia, razão do seu riso talvez. Às vezes, esbarrava nas árvores, do modo como quando a vi pela primeira vez:

Ela então consentiu que eu erguesse seu rosto, gesto que não me haviam autorizado. Nem o pai depois pôde compreender, pensou, é amor cortês, e teve raiva. Mas é que eu perdido na estrada pressenti a grandeza da mulher. Pensei, mulher assim é tão grata, que nem garanhão chega a merecê-la. E tombando ela na terra, após deslizar pela árvore, enquanto pelo seu ato todos viviam baixo uma sentença de morte, fui devagar até ela, a ponto de cheirar-lhe a pele, para que eu a visse antes de ser visto, pois então que encanto teríamos ainda a vencer? E segurei aquele rosto, ergui-o com dureza para que o sol o transbordasse, o que eu quis ainda não sabia. E vi logo a mulher fruto da criação, pensei que mulher é esta arrastando-se pelos vegetais e suas cascas feridas e não se contamina. Mas, deixando ela que a expusessem ao sol, consentiu que eu apostasse a minha energia na sua ação futura. Ficamos imóveis por muito tempo. O coração da mulher eu vi saltava pela boca, as veias do pescoço trepidavam, vinha de longe sua emoção, a menos que eu a tivesse colocado em seu corpo naquele instante. E, por ter nascido presunçoso, admiti que a mulher aceitara minha mão como aquela que sempre buscou escondida dentro da terra, eu era o seu tesouro. Os homens em volta me odiavam, eu agia como lhes fora proibido. O pai parecia também ordenar: abandone de vez a criatura, ou então a mergulhe no inferno. Mas eu temia o feitiço esgotar-se quando seus olhos abertos me apreciassem. No entanto, parecia ela conhecer tão bem meus caprichos que ali ficou até eu não suportar mais, esbofeteava meu rosto recusando seus olhos, sem agradecer minha coragem, eu que ousara exaltá-la entre inimigos, eu que a quis de volta a qualquer terra, ainda que ela condenasse o regresso pela dor. Ela estava disposta a alimentar-se de pedras, seus olhos fechados, não querendo me ver. Eu então não suportei. Deixei-a ao sol, que se carbonizasse ante seus monumentos, e não sei o que se passou depois. Eu perdera aquela luta.

Criar é destino do homem, engendrar guerras, filhos, cuidar da lavoura, o arado no lugar das mãos. Mas eu a segui, até que a mulher deteve-se diante de uma casa velha, as paredes impecáveis brancas, que eu quis lhe dizer, cuidado, Marta, coisa imaculada nos deixa perplexos e não acode a alma. Ela entrou, revistava aflita as paredes. Nenhum olhar percebi tão perdido, ela talvez não soubesse, mas eu a queria assim, vaga, translúcida, pois sua obstinação em amar o estranho obedecia aos meus caprichos, também eu montei com peças difíceis uma mulher como aquela. Quem morou ali havia morrido, ou fugindo não se importara com os pertences, a casa sim enfeitava-se com teia de aranha. Marta acendeu a lareira, esfregando as mãos suplicava. Não sei a quem, da janela eu não via toda Marta. Às vezes, como ela na árvore, eu fechava os olhos, não querendo seus segredos de repente, eu a imaginava desaparecida de novo, eu indo atrás para caçá-la, até saber que não a veria por muito tempo, no jantar seguramente, o pai entre nós, para controlar qualquer respiração a que nos dedicássemos, Antônia, sim, era aliada, ficava entre o pai e nós, o pai ordenando então, saia, Antônia, e de onde estava via a mulher sumir, quando eu olhava Marta depressa pedindo pelo olhar, quero teu corpo, mas se for preciso esperar eu aguardo, aguardarei desde que venha livre e esperto, animal eu gosto aberto, despojado ele não teme a dor e o sacrifício, assim eu te quero, Marta, e embora ela pudesse acrescentar, sob a proteção de Antônia, algum ardor ao seu olhar, gesto vago que fosse, que me caberia decifrar, no entanto Marta partia para longe, como se exigisse a presença do pai para nos olharmos novamente, queria o pai sofrendo nossas mútuas ganâncias, e fui assim me habituando aos exercícios de vida de Marta. Naquela casa abandonada ela corria perigos, pensei ciumento das pedras ali jogadas, das paredes onde procurou abrigo, dos torvelinhos fornecidos ao pai que talvez estivesse onde estávamos, pois que ele seguiu sempre a filha. Marta empenhando-se para que ele se perdesse, seus desígnios o pai cumpria, atordoava-se por caminhos conhecidos, chegando tarde a casa, Marta então indagava:

— Por que o atraso, pai?

O pai limpava a poeira do traje, pedia água a Antônia, o mesmo ritual. Explicava errado: caí numa pedra, ou dizia: fui visitar amigos, trajetos longos, e bebia como um prisioneiro, sonegaram-lhe o pão além do líquido, que escorria pela boca, Marta procurava corrigir, o guardanapo na mão. Ele sempre aceitou a reprimenda, outros gestos esquivos. Razão de eu a ter uma vez repreendido pelo olhar, como lhe dizendo, ao pai você socorre, se eu chegasse faminto, nada faria por mim. Adivinhando, Marta acenava com a cabeça, Antônia ao seu lado jamais deixou de ajudar. Mas talvez eu devesse ter dito, quando o pai nos abandonava, que espécie de comida a tua casa fornece. Eu só precisava do seu corpo, alimentar-me como quem se banha com limpeza, e assegura gozo para sempre, ah, a tolice de ir atrás de Marta.

Havia naquela casa uma emoção de sombra, unicamente pela delicadeza eu enxergava seu rosto. Quase lhe enviei mensagem, como é seu ventre, acrescentando, responda depressa, esperei tanto que já nem saberei agir quando decidir ser minha mulher. A inquietação de Marta crescia, pressentindo que eu a perseguia, intensificava todo ato. Raios partiam do interior do seu corpo, focos de luz, pelo meu exagero. Eu cobria a mulher de renda, para atingir seu ventre, eu padecia de insônia, para desvendar-lhe os seios, investigando as paredes da casa, de toda a casa.

Ela agia sem pressa. O pronunciamento que inventou para melhor suportar o sofrimento. Discreta atrás de um armário desguarnecia o corpo de algumas peças. Eu a sabia no torneio mais difícil. Ela agora sondava o sexo rabiscando a parede com o sangue que lhe escorria pelas pernas. Claudicante e sofrida, Marta untava os dedos no líquido, para escrever as letras que eu não lia à distância, ainda que soubesse o cheiro de Marta o mais belo animal da floresta. Um rosto em júbilo. Que o lessem todos. Só depois secou as mãos em folhas e partiu. Eu deixei partir quem havia ousado sondagens profundas, visita ao inferno. Embora eu a perdoasse por não me ter arrastado com ela até o difícil reino.

Pensei então: meu coração sofre todas urgências. Mais tarde li a frase da mulher, quase se extinguindo: ele vindo, eu saberei escolher. Me deu vontade de indagar, sou eu, Marta? ela olhando serviria pedaços de porco assado, que a sua casa fabricava com especial desvelo, pois sua vitória anunciava as noites brancas: ah, Jerônimo, a carne saberá primeiro. E sob seu comando seguiríamos juntos, também homem segue mulher, ele capitula ante o ventre hospitaleiro.

Porém ela preferira o sangue, a mensagem transitória, vi de repente, a raiva me fazendo correr, eu esbarrava em coisas da terra, eu queria Marta, e na sua frase estava o enigma, situava-se sim, ele, numa imensa parede branca marcada de sangue, regalo de sua abundância mensal, mas jamais o sangue que lhe teria o meu corpo provocado, hemorragia do prazer, se me tivesse ela chamado para participar do festim, eu ingresso em seu corpo, ela gritando, pela dor e a alegria, ambos rabiscando a parede, ela era a fonte sanguínea, eu o gerador do seu suplício, ela.

Antônia passava unguento no seu corpo. Machucado pequeno, arranhão das andanças. Querendo experimentar Marta, ela devia protestar. Marta suportava ante a exiguidade de tempo para viver a dor e a expectativa de Jerônimo.

— Então, está preparada? jogou no seu rosto, há muito não lhe dirigia a palavra. Aquele seu modo desalentado de ser planta enfeitando vaso e que Marta recolhia pondo sobre o piano. Antônia condenava a estatura humana, sempre se quis menos do que formiga, quando acaso seus passos trepidavam no assoalho, fechava os olhos juntamente com a raiva experimentando uma categoria de martírio. Precisava Marta rabiscar seus ombros com as unhas, assegurando-lhe: estamos informados de sua origem, dispense qualquer sacrifício. Desde menina temia as provações de Antônia, seu raio eclodinda a mil quilômetros dali, tumulto, pedra lascada, seguramente uma outra civilização.

— Penso que sim, deixava o travesseiro, encostou a cabeça nos seios de Antônia, murchos e apagados, resignada por aquele cheiro, ambas sabiam porém, eu espero Jerônimo. O pai bateu à porta com força, agora eu as surpreendi, gritava doente, mas há alguns dias dissera, olhem que não sou dado a mal-estar, quando Marta teria perguntado se para tanta distância percorrida, em milha inglesa por sinal, bastava sua dor, mas trouxe-lhe chá importado da Índia, e ele erguera os ombros, orgulhoso e cheio de uma raça perdida e encontrada outra vez em Marta, tudo fazendo para que a filha esquecesse seus reclamos, reputava-se homem destinado mais a cavalos selvagens, experiências difíceis, conquistas de montanhas, instalações de marcos, sem pedir para tanto consentimento de Jerônimo, o garanhão de ouro, cuja cabeça Marta como que cobria de pirilampos, ela imaginava a natureza brilhante de tais insetos, parecia sua vida, ardente e impetuosa agora, conferir-se através do homem, e acaso aquele sexo não seria o que a natureza havia criado de mais novo, a ponto de ele tornar-se tão inédito que para o aceitar deveria inventá-lo, não sucumbir a seus fascínios, e mesmo o perder, uma vez que seria este seu destino se não interpretasse correta suas armas esquisitas, aliás ele lhe prometera, e dispensando palavras, que entre os dois a luta era penosa, e nem por isso a evitariam, e quem mais lhe prometeu floresta mais larga.

A CASA DA PAIXÃO

Antônia abriu a porta que o pai ameaçava arrombar. Veio altivo inspecionando armários, gavetas, debaixo da cama. Marta o estimulava a outras devassas: aqui não, debaixo do crucifixo. O pai repousou a testa na parede fria, refrescava-se distante de Marta.

— Afinal, eu as surpreendi. Dizia com esforço, lentidão semelhante à de Jerônimo, quando Marta o conheceu e lhe falou, escravo do meu pai, talvez ele agora te procure pelo meu quarto.

— O que você quer, pai, ainda é cedo, ela cobriu-se escondendo as partes claras do corpo. Orgulhava-se o pai do próprio rosto vermelho, uma mancha refletindo seus cuidados com a honra, ocupado ele também pela passagem do unguento, mais parecia pelo seu brilho na pele um cristal na rocha.

Perfume de varão, ela sentiu o tédio de suportar a espera. Já Antônia aguardava expulsão do quarto onde o pai ingressava pela primeira vez. Prometera ele a Marta alguns anos antes:

— Virei ao seu quarto no momento mais solene, para que valorize minha visita. Marta ainda pensara: refere-se ao casamento, que se incumbira de tarefa sua. Agora o pai teria vindo para relembrar a promessa, Marta ainda pensou fugir, de onde Jerônimo estivesse ele surgiria para persegui-la de novo. Caberia a ela conduzi-lo ao centro da terra. Agira assim com o pai. Perseguidos todos e a eterna caça.

Antônia ama as aves, pensou Marta, um ato assim é que salva a mulher. Se fosse amor o que ela sentia por mim, haveria de perder o direito de proclamar outros deveres para a raça humana. Quis imitar Antônia, a calcificação da pedra, ali sobre a cama, diante do pai, esfregar-lhes a ameaça de sua partida. Onde está você, Jerônimo, que eu não suporto.

— Há anos você e Antônia conspiram, nunca as perdoarei. O pai denunciava a falta de ordem na casa de que jamais falara anteriormente. Antônia devolvia-lhe a rispidez compondo no rosto um campo amargo, centeio, pão ázimo talvez.

— O pai escolheu o adversário. Lute agora com ele, peça-lhe as armas de volta, admitia Marta a vida oficial do pai, o homem também pressentindo que aquela estima se fazia de maçãs sinistras. Jamais a filha foi tão clara, dissolvia todas as dúvidas. E esta certeza quanto a transitarem através de objetos comuns, uma mesma pátria, o aliviava pelo nascimento de Marta. Ela teria nascido de qualquer ventre, qualquer pênis intrépido e distraído, quis jogar-lhe na cara sua origem duvidosa. Fazê-la ver: consciência tão perfeita nunca tive, graças a sua degradação. E temeu uma Marta sem arrependimento, e esquecer: ela é minha filha, quando nasceu senti soco no peito, uma pedreira despojada da unidade. Pedia socorro a Antônia:

— Ela é minha filha, não é?

Antônia, movida pelo sentimento amargo de obedecer ao homem, de quem recebera tantos restos, mesmo sua filha nascera em suas mãos, hesitante fora quem introduzira os dedos na vagina da mulher daquele homem e ali como se os dedos fossem um membro criador sentira a cabeça minúscula de Marta, e, antes de Marta saber-se destinada ao mundo, ninguém senão ela anunciara sua próxima visita, poderia até ter gritado, Marta está vindo, ela que há de nascer para perturbar o pai e Jerônimo, estrangeiro que sofrerá no próprio corpo a descarga que provocar no corpo dela — ajoelhou-se ao lado do pai, exigia que ele a imitasse. O homem obedecendo, ambos procuravam o chão. Antônia também quis Marta, vamos, aqui. Marta uniu-se a eles, ficaram sobre as tábuas até que um deles falasse. Antônia limpou a voz:

— O homem deve partir.

O pai agora devia explicar, Marta aguardou. Ele fez que não com a cabeça. Antônia compreendia que ele precisava dizer, se Jerônimo parte, o pior fica em casa.

— Eu sou o funesto, ele disse e Marta sentiu-se perdida, no rio, esperando os favores do sol. Perder Jerônimo, ela cultivaria seus ombros de pedra, o raro olhar que projetava em sua carne, e lhe conferia luz. Perder não era uma ameaça, Marta analisava, seu amor crescia ao fervor do sol, ainda que as sombras do pai e Antônia obscurecessem os contornos postos em relevo por toda claridade.

— Então quem segue sou eu, Marta sugeriu, por andanças habituais, não se preocupem, sou como devem ser as criaturas do senhor, por que se assustam, e por que me seguem dizendo: gente como você é estranha, o estranho elimina-se da terra.

O pai agarrou as mãos da filha.

— Esfregue-as em meu rosto, como se tivessem unguento. Marta agredia a pele com alegria, o homem rezava. Jerônimo era servo seu, servo também agora da filha. Exatamente como previra. — Basta, no jantar nos encontraremos.

Na sala, Jerônimo logo disse: não fui atrás porque pensei: decisão importante ocorre lá em cima, e não sou da casa. O pai fez que sim com a cabeça, mas não é o que você pensa.

— Está de pé a nossa promessa?, perguntou Jerônimo.

O pai olhou o homem grandão. A filha repousava aos cuidados de si mesma. Inventava jeito de pular a janela, deslizar pelas árvores grudadas às paredes da casa, mesmo a natureza obedecia para facilitar seu itinerário.

— Trato meu eu mantenho. Ainda que mate depois.

Jerônimo explicou: que, se ele quisesse, podia logo casar-se, talvez mesmo mais fácil, difícil sim viverem na mesma casa, não sabia explicar mas a arma assassina era o piano, porque, quando Marta tocava, partes inteiras do seu corpo silenciavam, sem explicar a anestesia, seria acaso feitiço, ou a simples aproximação do corpo em vapor de Marta: casava sim, ainda que viessem a se odiar, gente como eles conhecia o dever de se suportar por toda a vida, e como é hábito entre guerreiros até filhos teriam, e em abundância, sem complicação pela bacia larga da mulher, ainda que fosse ela magra, mas sua pélvis ampla, os seios, ah, como os imaginava: joia mais perfeita.

Por ora o pai queria o apaziguamento, recusava qualquer promessa definitiva. E não pensasse em levar Marta para longe, habituara-se em todos estes anos a recuperar pistas, meu Deus, e estaria certo obstar decisão de Marta? que facilmente iria atrás. E acaso ela o consultara sobre os próprios sentimentos. Não via razão de poupar à filha o que a fatalidade lhe destinara.

— Inimigo é você, e não reclamo. Falou, para Jerônimo aceitar sua tarefa com galhardia. Colocou o relógio sobre a mesa, breve jantariam. Assim reuniam-se discretos, Antônia em torno. Quando Marta desceu cheirava a ervas, Jerônimo pediu:

— Passe-me o pão, por favor.

O pai apressou-se em atendê-lo.

— Quando se trata de alimento, cuido eu nessa casa, como explicando a Marta por que a dispensava nestes instantes. Ela foi ao piano. Trouxe para a mesa de jantar dois vasos de flores.

— Um é meu, o outro inventei para Antônia.

O plano entusiasmou Jerônimo. O crime nos une, ele olhou para o pai e meditava. Tudo esvoaçava, como o pólen da flor de Marta. Dela ou de Antônia. Marta acariciando os dois vasos despertava a cobiça do pai.

— Então, do que se trata?, o homem exigia respeito à mesa.

— Faltam dois dias para eu me decidir. Ao fim de cada dia eu quebrarei um vaso. E, quando não restar mais nenhum, me faço mulher.

O pai levantou-se exaltado.

— Proíbo a desordem.

Marta ria:

— E que mais o pai proíbe e eu aceito? Jerônimo olhava, também ele obedecia ao pai cumprindo o comando de Marta. Aqueles seios, sim, arfavam, ele percebia, dois desesperados animais aconchegados no ventre, próximos da explosão. Em dois dias, Marta desvendaria as douradas pernas.

Antônia regou os dois vasos, flores profundas que se antecederam à decisão de Marta.

— Não foi você quem escolheu Jerônimo, eu o contratei apenas para isto, nunca se esqueça, escandia o pai palavras vivas, rãs saltando da boca, um lago sujo de comida e água que Antônia enchia.

Marta fingia não saber:

— Então, é verdade? Jerônimo temeu perder a batalha, de que estava separado por dois vasos pregados na mesa de jantar. O pai devia escolher, entre Marta e Jerônimo. O pai calava-se. Perdão ele não parecia prometer. Queria o macho de Marta, mas não consentia liberar a carne. Jerônimo abusou dos segredos por uma brevidade. Até não suportar a solidão da sua carga.

— Verdade, o pai contratou-me, pediu que eu fizesse a filha mulher.

A CASA DA PAIXÃO

Marta esquecia Jerônimo, sua aprendizagem destinava-se agora ao pai. Para perturbá-lo, desenhava seu perfil, no espaço fixava as reentrâncias do seu rosto. Talvez o perdesse, a ameaça do seu desenho.

— Então, Jerônimo parte ou não, dizia o pai. Também ele perdera a ação. Jerônimo pertencia à casa, para onde quer que o mandassem, descobriu o pai.

— O que disse dos vasos, eu cumprirei. Em dois dias serei mulher. Mas não de Jerônimo.

O pai ordenou indicando o piano:

— Vamos, toque.

— E eu obedeço, Marta respondeu. E por longo tempo se escravizaram à música. Jerônimo sondava os vasos, as vinte horas de existência restando a cada um deles. A ameaça da mulher envolvia seu corpo, os tropeços da garganta.

— Que folhas você quer para lavar seus braços, ele buscou reconciliação. Marta esquecia o homem. Tocou o instrumento com cautela, ora o arrebato, ora descuidava-se. Madrugada Marta dormia, às vezes fugindo pela terra. De repente pulou a janela, um gato ágil e desapareceu. Jerônimo quis seguir, e o pai proibiu. Ficaram em volta do piano, toda a noite. Marta voltaria, eles sabiam.

De modo discreto, ia Antônia regando os dois vasos. Definitivos sobre a mesa. Não se mudou nem mesmo a toalha, ali estavam as migalhas de pão.

Marta desaparecera. Pelo silêncio de Antônia, o pai deduziu, teria ido ela ao rio. Enquanto Marta não vinha, os homens se alimentavam, afinal o rio era distante, uma excursão profunda e generosa, e em que limite de sua fronteira ela se abrigava? Pela primeira vez não a seguiram. Espírito de crime conheciam assim. Sem glória, razão de orgulho.

— Não suporto mais o sol, bradou o pai compungido com o ardor que Marta em algum lugar da terra experimentava. Duvidavam que ela erguesse o braço, soltando ao chão o vaso prometido. Talvez cobrasse outras multas, o necessário, mas daquela pena não sofreriam. Olhavam-se caçando no corpo do outro a respectiva culpa. Antônia enfregava-lhes pratos novos, ordenando, comam.

E, quando Marta apareceu no centro da sala, a luz do sol a criara ali, ela não conheceu ventre de mulher, os corredores escuros. Havia nascido clara, loura, perplexa, o pai considerou seu brilho.

— Nem banho tomei, ela esclarecia. A roupa suja, Jerônimo compadecido buscou aliviá-la. Ela assegurou-lhe em troca que não fora eleito. Jerônimo insistiu, dizia o olhar: sou o que quiser, mulher, mas expiação eu preciso. Montou o cavalo mais selvagem.

— Mesmo que seja para morrer, Antônia.

Galopou durante horas, o suor do animal não fedia, antes iluminava a crina breve e consentida de um raro animal. Também ele suava, por onde Marta não percorrera, uma abundância. Como se urinasse por todos os lados.

— Jamais consentirei, gritou próximo às sementes de girassóis. Não o aliviava a decisão de estripar o homem de Marta. Aquele que usufruiria de uma carne curtida pelo sol, onde o sol se punha diariamente, salgada como a carne de porco após a matança e a preparam para enfrentar o inverno, quando a natureza se aperfeiçoa entre o sal, chega-se a acreditar que o animal passou a vida nutrindo-se de castanhas, batatas, pelo que a sua carne tenra, de criança no grito vaginal, semelhante a Marta, ah, Marta, espírito de represa, águas raras combinadas naquele corpo.

Jerônimo perseguia os demônios. Tratava-se como estrangeiro. Sem apegos, simples advertências. Seu maior inimigo quem experimentasse, não, Marta, quem a experimentaria? Fugia até o rio, afundava em suas águas. O bicho ia esperando quieto. Nenhuma zanga o corpo de Jerônimo agora refletia. Músculos sim, eles trabalhavam. Sempre que eu nadar de forma perfeita, de forma perfeita possuirei Marta.

A fome do corpo orientava o passeio pelo rio. Águas gerais, ele compreendeu destino de rio perdido, almas ali se jogam e se apropriam do substrato. Alma, então, não é? Marta, ele gritou e sentiu dentro da água nadando o sexo crescer como se antes dos seus braços prosseguirem para arrastar o corpo, seu sexo o ultrapassava, grande e erguido, ele orientava e o trazia para o futuro. Nome de Marta é o sexo orgulhoso, e as ondas a naufragarem portadoras do frio, não, espere, sexo, exijo, aguarde a carne de Marta.

Para esquecer o prazer, nadou violento, odiava Marta, Marta, repetia na fé do sexo murchar, pequeno como um pária. Pária do meu corpo, dominou-se no momento de vergonha. Lavava a boca repetidas vezes, o paladar da coisa indisciplinada: água. Enchendo-lhe a boca, como fosse a própria língua de Marta entre seus dentes, que ele mastigava sem piedade, clemência então você deseja, Marta, haveria de dizer após expulsar de sua boca a língua em frangalhos, ensanguentada. Como que assim experimentava aquele sangue que Marta ousou extrair do próprio sexo, gravara com ele na parede as palavras em fogo. Eu também pequei com a mulher, nadava Jerônimo em reflexões.

O animal comia grama. Pasto é para isto mesmo, Jerônimo quis imitá-lo. Voltou às pressas. Marta lhes prometera a transcendência do vaso. O pai recebeu-o em agonia. Pelo olhar explicando: ela decidirá, mas não se conhece o destino. Antônia trazia tudo pelando para a mesa. Marta olhava Jerônimo como se não a perturbassem os secretos enredos.

— Assim vai o primeiro, reclamou ela de repente, espatifando contra o chão um dos vasos ameaçados. O pai e Jerônimo olharam o relógio. Há vinte e quatro horas Marta lhes transmitira a decisão.

Sorrindo proibia que se limpasse o solo.

— Devem ficar à vista, estes restos mortais. E cheirou as flores por muito tempo. Depositou-as de volta ao solo.

— Para morrerem, ela explicou.

Jerônimo pedia rápido favor: se olhar minha mão, e descobrir sua origem, você ainda me amará, ele fraquejava a cada instante. Que animal sou que não a admito perdida, confessara e o pai sorriu de alegria, se Jerônimo não a tiver, quem então, e não sendo ele, ou os da terra, algum estranho Marta descobrirá, e, se não encontrar, acaso viverei à sombra do medo. Marta enxugava a testa do pai. Esquecido de Jerônimo. Ele insistiu.

— Vamos, Marta, é agora ou não.

Ela disse: iremos passear pela noite como irmãos. Também Antônia os acompanharia. Pelas montanhas, ela lhes disse. E toda a noite andaram. No próximo dia o sol e o vaso prometido, eles sempre mais depressa.

— Mal posso esperar um outro dia, ela falou. O pai ainda quis proclamar: desfaçamos o jogo, não é impossível quebrar a magia. Jerônimo deixava-se vencer pelo velho, de propósito. Sou forte, marinheiro, homem da terra, devo me submeter. Seguia a mulher como obedecera a nenhuma outra. Fazia o jogo de Marta, escrúpulos que me sirvam à vitória, e vencia as pedras, igual a Marta, protegida pelo asco que Antônia espargia sobre Jerônimo e o pai.

No altar do sacrifício, aonde chegaram afinal, Marta acendeu o fogo, galhos secos: tragam depressa, este fogo se manterá enquanto vivermos nestas breves horas. Jerônimo ativava-se. Sentia-se bicho, o corpo copiando o selvagem, que se rasga pelo prazer. Vontade de trabalhar com a boca, renunciando a dedos, instrumentos assim frágeis de civilizado. O espírito dos antigos também passava por ele e o convertia em pedra.

— Marta, minha mulher, disse baixo para ela ouvir.

Marta olhou-o nos olhos. Ambos suavam ao pé do fogo. Um intenso laboratório de carne. O pai perseguia os dois. Os nervos de Jerônimo prestes a explodir, logo a quietude, a rareza de sucumbir à morte.

— Minha única carne, disse para só ela ouvir. Marta parecia merecer aquele incêndio distribuído pelas matas. Uma agonia entre as pernas. O fogo é a perpetuidade, ela esclareceu o desejo de modo protetor. A outros deuses eles tinham vindo buscar, menos a carne, quis explicar. Talvez devesse odiá-lo, mas os seios em agitação como se rodopiassem, Jerônimo construindo círculos de giz, apagavam-se desenhavam-se de novo.

— O que construir em paragens tão distantes, o pai os ameaçou, eles compreenderiam certamente. Antônia trazia pequenos animais. Jogava-os impiedosa na fogueira. Alguns legítimas tochas, a queima iniciando-se pelas asas. Tudo bonito em chamas: a carne de Jerônimo e Marta. Sacrifícios que Antônia queria produzir conduzindo vida à mortandade.

— Ainda que me possuam, gritarei seu nome no gozo, ela disse.

Jerônimo resguardava o rosto, escondia os dentes em brasa, a pele em situação de abismo, o sexo vibrando, indisciplinado. Na manhã seguinte, já dormiam em casa. Marta teimava perseguir o sol. Até Jerônimo pensar, agora ela descansa, sua última jornada. Na hora do jantar, aguardaram seu próximo empenho, ela vinha para que testemunhassem. Marta comeu com apetite, também os homens.

O segundo vaso no chão, desta vez uma impulsividade controlada. Acompanharam seu gesto inicial. Amável com as flores, até breve sufocação lhe acudir às narinas, enfiou então os dedos na terra avaliando a natureza do solo, desde menina investigava os produtos da terra, sua má-formação, sua qualidade fosforescente às vezes: ligava-se à terra por um amor terminando fatalmente junto ao sol, amor sabendo entregar-se para amar perfeito: mais difícil, pois aquele amor custava-lhe a vida, murmurou entre soluços, chamas irrompendo e não sendo vistas, apenas Marta sofria suas dores: amava sôfrega a terra até o pai invejar a

A CASA DA PAIXÃO

justa avaliação da natureza, a filha chegara a ultrapassá-lo: quando ele dizia, árvore sim nasce, outra só semente não vinga, ela vinha entortando palavras, e palavras entortadas por Marta são palavras que a natureza corrige, dizia ele para os amigos, quem desconhecia os sortilégios de Marta, afundada em raízes: a natureza é a saúde eterna, há muito refletira e as mulheres divulgaram a notícia: vejam, Marta é leviana, em vez de ocupar-se com a casa, desvenda a natureza em proveito de mazelas, e o murmúrio espalhara: quem Marta olhava, sofria de amor, pela sua carne, os seios ungidos, pelo cheiro que deles emanava, tão difícil, suspeitaram de Antônia selecionando ervas: mesmo o pai soubera que, mal a filha deixara o útero materno, Antônia ocupou-se em convertê-la em divindade: coisas feias as duas sempre fizeram, ele via mas consentia, compreendera suas graves faltas, seu compromisso com a vida de Marta: ela passava, e também a odiavam, as mulheres faziam: rezas, orações, maledicências, todo empenho em destruir a beleza e o cheiro de Marta: ainda é virgem, os homens perguntavam pelos bares, nas casas, em reuniões secretas: na igreja, em Deus, alguns perguntavam: Marta dormiu com homem? e sem resposta eles a queriam, virgem ou não, que mulher como ela, entrar primeiro em seu corpo era força de grilo arrebentando a voz pela hegemonia e realce do próprio canto: para morrer, eles queriam Marta: o pai fiscalizava: arbusto, Antônia, homens, o próprio espírito da Igreja: embora quisesse Jerônimo, pôs inimigo dentro de casa, salvar alma compensa perigo, sua única desculpa por eleger aquele homem garanhão de sua filha, como o chamava na alma, e Jerônimo não ouvia o pensamento do pai, imaginava-o ocupado com os próprios defeitos, talvez lhe custasse entregar Marta para estranho: Jerônimo banhava-se todos os dias, perfume no corpo, a qualquer momento quem sabe entre em Marta, quero o corpo formoso, pele de donzela merece, donzela Marta? era difícil acreditar, mas a queria fechada, intransponível, muralha, a mínima brecha consentia, apenas por onde passar, depois dele ninguém mais, a vagina da mulher regressando ao estado antigo, só cederia quando fosse seu o sexo que novamente a visitasse: pensou cinto de castidade eu quero, tampar-lhe os orifícios, quem pretender iluminar aquele corpo, ainda que eu ausente, encontrará obstáculo, nas mamas então injetarei veneno, nem nos seios de Marta farão amor, mesmo que inventem um amor entrando pelos poros dos seios de uma mulher: Antônia buscava ervas nos recantos onde o sol não ingressava, olfatos raros a viagem pedia, cheiros cultivados para Marta, alguns musgos conservava meses e inventando misturas impunha-lhe chá de plantas que bicho come e não morre esta perenidade dos animais animava-a a prosseguir, Marta era seu refúgio no universo, embora mal formulasse o pensamento, cristalizava-se esta certeza no silêncio pesado, nos raros banhos que lhe inventava: aquela carne há de conhecer o exótico, pensou limpando os excrementos dos animais, sua vitória de elucidar diagramas difíceis, contando tão somente com Marta, inesquecível Marta vigiando-a tam-

A CASA DA PAIXÃO

bém, comendo os ovos que ela trazia, sem duvidar das suas amargas providências: compreendeu o pai após a morte da mulher, outra não arranjarei, esta casa povoou-se com Marta e a memória da que partiu: ele mal conhecera a mulher, seu ventre fresco e limpo, mas o ocupou com paixão, sem procurar saber em que era no tempo havia se formado, seguramente a terciária, paixão nasce na terciária, dissera-lhe brincando uma única vez, diferente de Marta a mulher enrubesceu, fechou a cara e falando depressa como se o condenasse: o pai fingiu não perceber os caprichos daquela mulher que em vez de nascer para o mundo havia nascido para viver dentro dela mesma, só se iluminou com o nascimento da filha, pedindo, e severa que a chamassem Marta, irmã de Maria, as duas mulheres da Bíblia, testamento antigo ou novo ela não quis saber, sim será Marta e talvez eu não tenha vida bastante para amá-la, e morrendo pouco depois o pai confiou em suas profecias e disse que filha é esta que mal nascendo arrasta a mãe para longe, a mãe morre de doença que não veio do parto, mas por razões do nascimento de Marta júbilo tornou-se sua morte, e teria a mulher escolhido partir, sim, homem, mas cuidado com a filha Marta, ela é o meu espinho na terra, o que eu não fiz ela fará, o prazer que não terei conhecido ela conhecerá com algum estranho, e ela se deixará reger por minúcias que não cultivei porque a terra não me deu tempo, e eu não soube pagar com sangue e inferno o presente da vida: morrendo então a mulher deixou-lhe o presságio: Marta, eis a religião, seu último suspiro: Antônia embrulhou a mulher num lençol imaculado, coseu em torno como não se faz entre cristãos, ditou rezas que os cristãos não admitem, o padre chegando condenou a concentração de cheiros originais em torno da morta, casa difícil é esta, homem, eu lhe digo, cuidado com a filha, se Antônia cuida, Marta se perderá, falou-lhe o padre muito depois, já mais conformado com a perda da mulher: para tanto galopava pelos campos, fumava charuto, olhava Marta, coisa pequena e delirante, sem respeito no mundo: o que eu fizer nela poderá nascer ou murchar para sempre: o pai repetia as palavras: carne da minha carne, e tanto dizia enquanto sua beleza o cativou, como seu gemido oco logo a ouviu gritar pela primeira vez, quando possuiu a mulher dias após o parto, como se a Marta molestasse que se praticassem atos dos quais estivesse excluída: Jerônimo aceitou a luz, aceitou a treva, todos os embargos, assim é minha luta: e cheirando Marta repetidas vezes a terra que o último vaso continha, levantou-se apreciando os cacos espatifados, segundo sua ordem.

A pretexto de sede, recolheu-se ao quarto. Os homens não ousaram segui-la. Invadir o quarto era apossar-se do seu leito, berço universal, confidenciavam. E quando Antônia entregou a Jerônimo o bilhete, ah, como o lera ganancioso, abdicou do seu juízo pelo pai arrancando-lhe a sabedoria das mãos. Coube ao pai ler a mensagem, antes agarrou Antônia pelo braço.

— Por este crime, você também responde?

A CASA DA PAIXÃO

Antônia despertou do seu casulo. Cheiro forte era sua profunda essência. Também Marta a perdia, quis explicar. Com os ombros assinalou sua independência. Mais ainda, com o dedo apontou a direção norte, convertia-se em bússola, de Jerônimo e do pai.

— Se traio é porque Deus perdoa, mal se ouviu seu grito.

Jerônimo comandou, repita.

— Vamos, mulher, para onde ela foi. Antônia teimava em indicar o norte. No norte a salvação do corpo de Jerônimo, concluiu o pai.

— Leia afinal, vomite as palavras, homem, ordenou o pai, como se coubesse a Jerônimo e não a ele a denúncia. Jerônimo recusou. Fez que não. O pai gerou a mulher, respondesse ele por seus desatinos. O pai pronunciou tão bem, todos arquivaram as palavras de Marta. Marta parecia presente. Arrumada, roupas especiais para a ocasião, lavando-se aliviava o corpo, ela o preparou para o sacrifício. E olhando a cama pela primeira vez, seu último sono de donzela, quando voltasse mulher tudo a estranharia, talvez regressasse hesitante, como se não fosse sua a casa em que habitou desde o nascimento, sobrepondo-se à dor entre as pernas a coragem de determinar: novos mundos para Marta. Eles a imaginavam de olhos tombados, mas cascavel da sua fé. Abandonando o quarto pela janela, o silêncio a teria guiado, sempre fora sua estrela. Talvez deixara rastros, pois eles os inventariam para esta mulher que ousava fugir dos seus músculos em agonia — antes, porém, ela chamou, Antônia, pediu que entregasse o bilhete quinze minutos depois de sua partida, pois dispensava horas de proteção, não quero auxílios, explicou ainda a Antônia, era o momento do parto, do novo parto, Antônia, ela pediu então: assopre meu rosto, para que eu leve até as árvores mais amadas a tua vida. Sabia-se então que o rumo era norte, Antônia não lhes dissera?

— A filha escreve: os dois vasos quebrados e eu parto, voltando sabem como encontrarão meu corpo, não me façam mais tarde qualquer pergunta.

Antônia indicava o hemisfério, o pai segurou firme o braço da mulher.

— Você tem certeza, Antônia?

Jerônimo abriu a porta:

— Por onde eu vou, ninguém vem atrás.

— Eu dou ordens, respondeu o pai.

— Desta vez não. Eu sou o homem desta mulher. Eu decido por ela. Jerônimo cheirou as árvores próximas, corria como lebre, imitava lebre, liberava-se. A mulher, haveria de encontrá-la no inferno, Orfeu também.

Antes o pai gritou:

— Talvez seja tarde, Jerônimo. Ela será de outro animal, igual a você.

Ele pisou o pé do pai. Escarrou em sua face.

— Não é presente, mas a mulher é minha, disse, e proclamo, quem cruzar a sua carne, eu mato. Mato pai, Antônia, todo bicho preciso.

A CASA DA PAIXÃO

O pai deixou que Antônia cuidasse da dor do pé. O cheiro da mulher o acompanhou.

— É norte mesmo, Antônia?

Antônia indicou que o norte confundia-se com o sul, leste com oeste. De que lado nascerá o sol amanhã?, ele perguntou. O pai não confiava no demônio, quis dizer-lhe. Também ele agora cheirava a terra, imitando Jerônimo.

— Vou em busca da filha, ele disse. Antônia viu o homem perder-se. Lado contrário ao de Jerônimo. Sentiu consolo em propagar a discórdia.

Uma cavalgada. Perdida, sozinha, aflorações africanas. Em vez do cavalo, recorria aos pés. O corpo sofria experiência de: transitar pelas trilhas sanguíneas, recolher seivas anônimas, abastecer-se com as pragas da terra.

Marta reclamou: nada importa, homem eu preciso encontrar. Dispersava forças, coragem é coisa de mulher também. E lavava o rosto a cada abordagem do rio. Através da lua cheia recolhia minúcias capturáveis. Quinze minutos exigira de Antônia. Depois, querendo delatasse. De propósito combatia os homens. Dor que ela sofresse, também eles conheceriam. Exigiu que a vissem rasgada por estranho, Jerônimo estrebucharia, um animal sangrando, a faca na garganta. Seu consolo seria, meu patrimônio perdeu-se, Jerônimo, e a culpa é sua.

Tinha leis quase sempre vagas, pretendia impô-las porém. Toda a noite pela frente. Enquanto fugia de casa. A noite não era capricho simples. Enxergava melhor a pleno sol, brilhos dilatando a terra. Dava alegria a pele suando, banhada em coisa nobre, produto da sua gênese, o mais secreto esconderijo: hei de encontrar quem seja ainda hoje, madrugada escondendo quem será meu, homem qualquer, sexo não se seleciona, basta ser homem, agudo e selvagem, cargas pesadas introduzam-se em meu corpo, que outra célula lhes ofereço, e Jerônimo, o amante sagrado, o bezerro de ouro dos meus olhos eu mato, quando o outro ingressar tão fundo vergando minha espinha dorsal, Jerônimo virá apreciando os estilhaços, troços de carne arrebentada eu lhe ofertarei, dizendo tão alto o pai ouvirá: eis o preço da traição, Jerônimo deverá lavar meu sexo com água do rio, meu sexo enfeitado de sangue, há de me ajudar como mulher colaborando no parto discreto, igual a Antônia expulsando da mãe minha cabeça teimosa em surgir no mundo, e, se ele duvidar, eu lhe pedirei, não havendo água de rio, use sua saliva, servo do meu pai.

Corria pródiga, os pés ardendo onde pousassem. Jerônimo não estava e a certeza como lhe trazia fé, de montanha tombada, uma velhice acumulada em pedra fatigando para sempre, logo Jerônimo que buscava seus traços aos gritos: Marta, exijo seu corpo, e pensava ele encontrá-la a cada passo, acaso não fosse aquele o caminho certo e a perderia, ela prometeu cumprir sua palavra, homens havia na terra, breve chegaria Marta a um deles nem precisando pedir, os atrairia isto sim próximo a uma árvore, ordenando sem palavras o entendimento universal e ele, estranho e desertor para Jerônimo, tiraria de dentro da calça o sexo, arma feia e agressiva investindo sobre Marta, e estúpidos conservariam mesmo as roupas, pela descrença do homem e a urgência de Marta, conduzindo-se como bichos, a insegurança de quem sabe o tremor chega e ainda não copulamos, seguramente o homem resfolegará como alazão no galope, Marta em seu grito dirá, Jerônimo, ela lhe havia prometido, quando do gozo unicamente seu nome virá à minha boca, maldita a hora em que dissesse, Jerônimo, ele vencia os campos, logo um outro homem ejacularia dentro dela um cimento duro bloqueando sua vagina para sempre. Jerônimo não aceitaria vir atrás abrindo de novo o caminho já percorrido por estrangeiros, odiava quem lhe chupasse os seios, o esquartejador das coxas mais protegidas de toda a terra.

— Que prodígios devo operar ainda, esperou Jerônimo que ela ouvisse. Quinze minutos os separavam. Antônia assegurava, ela foi para o norte ou sul. Para o pai dissera o mesmo, acrescentando leste e oeste. O pai partiu na esperança, galopava como se Marta lhe tivesse dito, por aqui, pai, breve você encontrará além da filha um homem montado nela em comando e a regra fecunda da natureza se fará, e o pai então choraria, pelo homem contorcido sobre Marta, ela aos gritos solicitando aqueles unguentos que estaria Antônia preparando para as que recebem homem pela primeira vez.

Mais do que Antônia, ninguém conhecia a natureza. Partia pela mata, recolhendo ervas, folhas desamadas, chupava frutas, veneno algumas tinham, o povo as identificava guiado pela sabedoria. Porém Antônia não se importava em morrer, queria porções inéditas, para Marta, diziam bem seus olhos e escondia a colheita em pequenas latas, debaixo do fogão, ninguém ousou certificar-se, ela sentia-lhes o cheiro, de perto via a decomposição do vegetal afastado da sua origem, folha que se desprega da árvore, ah, eu vejo, eu quero, eu morro por todas elas, explicou escassamente a Marta, no dia do seu aniversário. Em vez de bolo, de presente uma caixa com as mais difíceis folhas da região. A se consumirem nos próximos meses, e Marta pedira-lhe: em me dando tudo isto, dê um uso rico à natureza, uma vez que se entendiam por palavras coloridas. Antônia esfregava no nariz algum cheiro forte e dizia, antes de Marta morrer, eu morrerei primeiro. E acrescentou então: se eu partir de repente, não é de coração: a curiosidade matou-me primeiro que a doença. Marta ria, bobagem, Antônia, você gosta mais das galinhas do que das criaturas de Deus, Antônia fazendo que sim com a cabeça. Para ela, Marta era uma opulenta galinha, punha ovos todos os dias. Marta compreendia e perdoava. Mesmo sua fuga, após quebrar os dois vasos, quis Antônia que fosse assim. De outro modo, como Marta poria seu belo ovo?

O pai foi para o sul e Antônia ria, quem encontrasse Marta primeiro desfaria o enigma, ela pensou encastelada na casa, ora vendo as galinhas em silêncio, ora fuçando a cara entre folhas destinadas a Marta. Quando ela voltar, cuidarei da sua carne ferida, Antônia organizava a casa para a comemoração de um corpo fecundado. Quis logo a claridade, quando Marta devia se converter em bicho afinal, a galinha também amada. Ela ia se arrastando pela terra sem saber: o que eu acusei, embora obedecendo a Marta, foi o certo?

De madrugada, sempre mais penoso, Marta queria qualquer um, sem escolher, indicar com o dedo, falange. Desprezava o roteiro da cidade, importava-lhe a área do rio, deviam suas águas presenciar a fecundação, o homem afundando em minha carne também mergulhará as mãos no rio, o voto seu secreto. Ia deixando sinais de sua passagem, traída pelo desejo de que Jerônimo ou o pai a encontrassem mais fácil. Quebrando galhos, rastros anônimos, como podia controlar-se, abdicar afinal de Jerônimo? Ele como que tinha farol nos olhos, cada galho ele regenerava, ela passou por aqui. Estarei perto então, ele perguntou.

— Marta, gritou, Marta. Até que ela ouvisse. Jerônimo estava perto. Bastava ela esconder-se que Jerônimo seguiria adiante. Mas a cada grito de Jerônimo sua carne reclamava Jerônimo. Deixou mesmo que ele a ultrapassasse. Viu o homem tombar a cara no chão, o cheiro de macho forte ela sentia consumindo. Ele escandia seu nome e estavam tão próximos, o homem galopando de novo, batalhando contra pedras, minha mulher, ele reclamava. Marta atrás, sua corrida era vencer o homem, porque ao sul o pai encostava na cidade, a muralha de Jerusalém, se não encontro a filha, Jerônimo a encontrará, razão da dor no peito pelo nascimento tão difícil, no entanto o espetáculo da filha ele ofereceu ao mundo: se Jerônimo a possuir, é na vergonha que ele a terá, agitava-se o pai, fingia mesmo ser ele Jerônimo, eu sou Jerônimo, ele fosse quem possuísse a filha, meu Deus, o que sofro para merecer esta provação. Sua carne ardente pertencia aos desertos, ajoelhou-se, que alguma cobra o picasse, veneno eu preciso, mas antes da morte a queimadura insuspeita no homem, já que a carne conhece, quero morrer gozando, afinal o pai confessou, sua direção era sul.

Jerônimo confiava no leste, uma cavalgada de bichos. A mulher atrás do homem. Serva de Jerônimo, ela se reconheceu. A nova condição trazia orgulho. Mas, não. Servo de qualquer, menos dele. Obedecia a seu cheiro perseguindo. De macho reluzente. Via-lhe as nádegas em movimento, como se as modelasse, cresciam os nervos em suas mãos, obedientes os movimentos ao seu ritmo, ele ia atrás: espinho pedia para sua carne, o espinho entre as pernas do homem, pedia Marta pelos olhos, assim o homem se deteria, obedecendo sem saber, até que ela o cercasse por trás, rodeando sua cintura, por momentos os gestos de homem pertenceriam a ela, seria o macho do seu homem, a ponto dele inconformado com a obediência a expulsasse da cintura, e a pegasse como fruta, sugasse através dos poros livres a mais rica das suas substâncias, bebesse seu leite, os refrescos produzidos pelas suas tetas, e exaurisse afinal o caudal que por mistério seu corpo inventava e cujo canal escondia-se entre suas pernas, dali sua boca se ergueria limpa após beber o líquido manso, pois até sua saliva era de criança, descobriu uma vez beijando o próprio braço. Fosse seu o homem, para que ele se decidisse. Ela mal suportava vencer a distância que se aprofundava entre os dois. Agora eu o deixo livre, eu me decido.

— Jerônimo, parecia um balido, Jerônimo, e repousou. O homem prosseguia como se a graça não o tivesse tocado, tanto queria a mulher que seu grito já não o atingia, ele perdia a mulher porque ia em sua busca. Só mais tarde seu corpo tremeu, uma febre, a sucessão de punhaladas. Quem gritou meu nome e continuei perdido?, parou entre árvores e coisas vicejando.

— Marta, ele respondeu. Procurou os passos antigos, eu já não duvido, disse agora. Marta no chão reduzia-se a uma pedra. Ficou ao seu lado, para que o quisessem afinal. Ela disse:

— Não resisto ao seu corpo, Jerônimo, mas não perdoo em ceder.

O homem pôs-se a explicar a própria origem, para ela se acalmar.

— Quero que me queira, eu te quis antes da ordem do pai.

— Prove, ela ordenou.

Fechasse os olhos, ele comandou, e você verá. Arrastou a mulher até a árvore.

— Escorregue pela casca deste tronco. Fez como ele pediu.

Amava a árvore, sua espessura, como se fosse invasora do seu ventre. Tendo o homem perto, era difícil não dizer: Jerônimo. Ela disse e ele se pôs orgulhoso. Os olhos da mulher fechavam-se, ele quase não pedia. Por muito tempo ela vivera na escuridão, Jerônimo sentia a mulher escrava de um esplendor insuportável. A madrugada como que inventava uma mulher proibida, ele teve medo, talvez ela venha a ser uma fronteira. Segurou-lhe o rosto, pela primeira vez ela sentia a mão abastada, sua pele escorregando na dele.

Marta tremeu como se ele a tivesse magoado. Agarrou-se à mão pedindo: fique mais no meu rosto. Jerônimo aquietou-se, um inseto esquecido. Também o acalmava aquela pele, uma estação abandonando os indícios da estação anterior. Era primavera, observou com a cara fechada.

— Conheço esta mão, disse ela agarrando-se aos dedos afundados em seu rosto. Jerônimo pediu: antes do pai me chamar, eu te quis na igreja, Marta descobriu sem precisar fugir novamente. — Servo de Marta, ela falou explicando.

Ajoelhou-se ele próximo ao seio da mulher, a cabeça naquele colo dizendo, logo seremos homem e mulher. Marta contestou, deveriam esperar até clarear.

— Sem o sol, meu corpo não se abrirá.

Jerônimo ordenou que se desnudasse.

— É mais bonito deste modo. A mulher desfazia-se dos trajes, para atingir a nudez. Olhou o corpo, parecia distrair-se. Quando ele tirava a camisa, a calça, nu como bicho pelado, ela acompanhou. Viam-se agora pela primeira vez. O corpo os arrebatava. De pé ela abriu as pernas como se ele quisesse abrigar-se entre elas. Jerônimo consentia que suas partes mais vivas se manifestassem, amor é o que meu corpo lhe oferece, seu sexo anunciou.

— Esperemos, Marta pediu baixo a proteção de Jerônimo. Cobriram arrebatados o chão de folhas, pela riqueza e para repousarem sobre o verde, coisas da natureza, ela quis. Deitavam-se um ao lado do outro, como se ele já a tivesse habitado. Os cabelos da mulher, cujo corpo escorregara pelo homem, a cabeça ia tocando-lhe os quadris — enrolavam-se pelas pernas do homem, pelo sexo do homem, ele deixava seu membro enfeitar-se breve com os cabelos da mulher e devagar uma nova respiração os abateu e pareciam dormir.

Sob a custódia do homem, Marta acordou. O sol a convocava, ardência de estação livre. Ela solicitava seus raios, para que afinal o homem a habitasse. Pensava obediente no curso do seu sangue. A carne flamejava, eles jamais recusariam a alegria das partes ímpias.

— Jerônimo, assoprou em sua orelha. Sentiu ele a exaltação do urso, os pelos de pé, nascendo sob mil formas. Todas as condições, aceitavam. Que se derramasse o sangue como vindo dos seus olhos, ele pensou na esplêndida manhã de sol. Abraçou a mulher, era sua há cem anos, as carnes haviam envelhecido juntas, e que gozo não se dariam.

— Sou mortal, Marta, exclamou com júbilo. Esfregava discreto sua pele na dela, porções reduzidas no início, ainda não o incêndio total, mas algumas purificações. Ela sentiu que vivera até então no obscuro, protegida pela imortalidade.

— Conhecer a carne é isto, então, Jerônimo?

O corpo do homem dilatava-se, também Marta pressentia sua pele esticar-se, o sexo de Jerônimo tinha fermento, o dela água e sal. Alerta sob o impacto dos elementos: fogo, terra, água, ar.

— Nos foi devida tanta riqueza, Jerônimo alisava os seios redondos, nunca uma carne lhe surgiu tão poderosa. Mil formas sim, ele suspirou, fingia, estou vendo uma concha perturbada ao longo de mil séculos, as mil secreções, que é teu sexo, Marta, vejo ainda caracóis na pele, tartarugas com carapaças fidalgas, mil formas, Marta, o ar de maçã, acaso não invadimos o paraíso? Marta sorria, você é meu sexo, seu sexo minha mais orgulhosa oliveira. Ele se deixou arrebatar até exigir silêncio, se não nos controlamos, Marta, logo me introduzo em você, sem cuidar de suas dores, quando quero entrar gozando modos imaginados, mas jamais cumpridos, olha meu corcel espantado que é a parte mais violenta do meu corpo.

Marta afastou-se seduzida. Nunca vi um homem nu, ela confessou. Jerônimo mobilizou a cabeça.

— Na minha longínqua memória, eu te proibia. Marta sondava as linhas perigosas, os arrebatos da criatura. Tanto empenho não faz sofrer, ela perguntou, este desmando da sua carne não é a parte mais penosa do corpo? Jerônimo explicou: sim, maior dor eu conheço aqui, neste arbusto grosso, cresce e diminui e de que não sou senhor, dói tanto, Marta, às vezes encosto-o contra uma árvore, meço quem é mais forte, ele ou a casca da árvore, uma luta de senhores, ficamos esticados, eu feroz de sexo em pé, até a perdição, e não aceito mulher nestas horas, só depois vou em busca delas e pronuncio, vocês abrigam espinho de homem, vocês se nutrem da carne algoz do homem, e me liberto por algumas horas, vou rasgando tudo, sou um instrumento de guerra, Marta.

Ele deixava que ela tocasse em seu sexo. Às palavras do homem sua pele eriçava-se, por fora os espinhos estrangeiros, dentro era sua fecunda castanha. Veio devagar. Conhecendo assim o território de um homem. Jerônimo cedia-lhe tudo. Ela experimentou a consistência da pele, a agressividade do longo canal vindo do tronco e perdia-se numa cabeça reduzida, dali saem as maravilhas, Marta contribuía para saber, beijando agora aquele sexo. Ele repetia, Marta, de onde surgiu sua sabedoria, ela explicou então: o sol, Jerônimo, amei mil homens amando o sol. Ele arrancou-lhe o sexo da boca. Trouxe a mulher contra o peito, você é minha, proclamou jogando sua cabeça contra a folhagem, vamos, confesse. Marta aspirava a fragrância do verde. A nobreza de um suposto rio. Jerônimo, gritava inventando combinações que o incendiassem. O homem virou seu rosto para o sol. Liberdade eu lhe dou, mas confesse o amor, confesse a solidão até a minha chegada.

Marta auscultava o coração do homem, saltavam no peito batidas repentinas. O olhar nutrindo-se. Há de me devorar com o sexo, o seu arbítrio. Não cederei, e disse: sou livre para aceitar seu corpo, mas não me comande, homem. Jerônimo respondeu: prefiro a morte a perdê-la. Então, me perca, ela o aconselhava lambuzando com a língua a testa do homem. Suas mais impensadas decisões partem daqui, não é?, ela lhe disse, e a carne se consumia de novo, resfolegavam como cavalos. Marta recordava gatos uns nos outros, os gritos ásperos das carnes ainda integradas após a penetração. São assim homem e mulher, ou a morte eles devem conhecer durante o ato. Jerônimo, falou como se já o tivesse no ventre, fosse ele a cria da sua carne, antes do amante da sua anunciação:

— Ele salva a terra.

— O que sou então, ele protestou.

— Meu homem, arrastava-se Marta sobre um campo minado, respirava o verde, que parecia um sorvete, lambia a terra, as mãos de Jerônimo, iguais às do pai, o mesmo teria feito a mãe com o pai, para que ela nascesse, como se filho surgisse de uma mão sofrendo inicialmente as contorções da boca. Esperou a decisão do homem.

A lentidão de Jerônimo comovia Marta. Ele age como o sol, ela pensou, primeiro o calor, depois a ostentação dos raios. O homem é meu sol, exclamou. Ele veio beijando-lhe o rosto: mulher, falou, sua boca eu quero. Ela tinha os

A CASA DA PAIXÃO

lábios como que untados, a saliva espessa, o homem experimentava delicado, gostou até de se afundar, buscando regaços mais profundos, as bocas agora se entredevoravam, a formiga ingressou no esconderijo, Jerônimo frequentava a boca de Marta, sua casa agora. Quero tua carne em fogo, disse, dentro da sua respiração, o atrevimento dos dois crescia. Atirou sobre Marta o peso do corpo, experimenta meu corpo, ele disse, meu Deus, eis o corpo desesperado de um homem, Marta disse, pedindo, o que fizer, Jerônimo, que seja ao lado do sol, ingresse o sol em mim quando você entrar em minha vagina, entre dor e espasmo, eu na cruz, você a madeira criada no rio, agora seca, para me dilacerar. Jerônimo arrastava as mãos de urso sobre os seios, redemoinho o seu gesto antigo, friccionava as pequenas montanhas, seus cumes altos, os dois pontos escuros endurecidos, contraídos no topo fugindo da terra, aí, entre múltiplas ascensões gritava Marta.

Minha mulher, ele disse, meu homem, ela mal falava, continue, nesta fricção de melancolia e arrebato eu me umedeço toda, meu homem, sou o rio de que herdei forma, movimento, e aspiração perdida, perco-me em seus despojos, Jerônimo. Marta parecia não se conciliar mais com a terra:

— Estou no sol, então, que território é este?

Jerônimo esquecia a mulher, ocupado com aquelas carnes em convulsão. Nós somos criaturas em agonia, ele relembrou com esforço, gente morrendo, em suas mãos porque vivera para isto, o amor é a agonia, a melhor morte, a única morte de que se sai perdido e confuso, minha boca, e a derretia novamente, extraía-lhe por sucção as novidades da mulher, Marta ia perdendo recato mantido até a vinda de Jerônimo, agia como se o sol fosse Jerônimo, meu Deus, como retardei a carne deste modo, pensou doente, é a febre, meu pai, chame Antônia, mulher fedendo, onde se encontram os unguentos, sou tão pequena para receber esta peça de estanho, de cobre, com que o homem enfeita suas pernas, como um fornicão há de entrar sem me assassinar ao mesmo tempo? Antônia, venha cuidar dos ovos que meu corpo expulsará breve, sem o homem nunca porei meus ovos, Jerônimo, ela falava, meu homem, meu desespero, ela calculava que ele estivesse lambendo suas tetas formosas, ele dizia, as mais lindas do universo, bebendo seus líquidos, mas não beba toda minha água, Jerônimo, senão me seco para sempre, eu devo inundar-me de líquido, de leite de vaca, eu sou a vaca abastecendo o faminto, sem o leite fica-lhe vedado o ingresso em meu corpo, ah, Jerônimo, meu bicho, Jerônimo, ele convulsionava com sua pélvis a barriga da mulher:

— Me aproximo diariamente do seu ventre, Marta, o ventre branco, mais iluminado da cristandade, Marta sorria, não, não me traga a alegria, Jerônimo, quero as doenças do mundo, a lepra que desmancha os traços perfeitos, quero a doença, sim, para te contaminar também, a alegria, não, Jerônimo, como você esmaga meu corpo,

A CASA DA PAIXÃO

eu já não existo, sua serpente de um paraíso indecente, minha serpente, Jerônimo, ele buscava-lhe o sexo com as mãos. Uma caverna, ele inventou, por onde transitara até então a honra de Marta. Primeiro escondeu o sexo em sua mão, e o amassou, os dedos brilhavam como o caracol que persegue jornada, abandona atrás seus líquidos fosforescentes, é a traição da natureza, Jerônimo exultava, Marta, teu sexo é pródigo, igual o meu, eu já não o domino. E ia exigindo mais, o homem fazia-se perverso, a mulher também perversa abria as pernas como quando imaginava o sol entrando no seu corpo para desmascará-lo:

— Estou atingindo a posição de esquartejada, ela confessou numa rouquidão de vento airoso, Jerônimo afastou-se de novo, mas logo mastigou a mulher explicando agora, meu animal florido, e a mulher sentiu que primeiro ele com a mão desvendou o prado onde seus pelos eram grama, sim, Jerônimo cuidava que a mulher sofrendo a invasão do seu pênis também gozasse o arrebato do sacrifício, depressa, Jerônimo, ela pedia, e ele viu: agora o calor do sol invade todo o nosso reino sanguíneo, podiam viver a morte e não morrer. O membro do homem como que voava, nenhum inseto competia com ele, a máquina não conhecia sua agilidade, seu modo de viver dentro da terra da mulher, como se o ventre de Marta fosse sua lavoura preferida. Marta sentiu o membro contornando sua casa formosa, ele gritava pelo seu sexo, ele experimentava seu canivete, a adaga assassina, ele tentava devagar, confiava no instrumento erguido em voo, quem mais rápido e faminto que Jerônimo? Marta pensou, e a dor que eu tiver, toda mulher a merece. Ele suava, um cheiro de estrebaria, mas que outro cheiro Marta queria mais? Ele ia pelo conhecimento, neste ventre eu vou ficar muitos anos, sua cara amarrada, cuidando do tesouro. Marta tinha o rosto amassado pelo corpo de Jerônimo em movimento, que a ultrapassava às vezes, como a dor a isolava da terra, pensou, o homem é forte como o sol em vigília nesta hora, via aquele esforço, ambos em luta, cavalgavam atrás dos mouros, espadas sarracenas por recantos discretos, os cânticos dos derrotados, eles pelejavam, Marta em pranto baixo, Jerônimo afundando seu navio no mar, a água da mulher não era azul, ele se lembrou dos tubarões, peixes-espadas, animais especialmente submergidos nas cavernas, quando regressam surgem diferentes, viveram uma escuridão perigosa, e, se alteraram, ele pensou, mal digerindo o alimento, sou fogo, ar, terra, água, e a mulher é tudo que sou. Marta gritava, ele se contorcia, agora ou nunca.

— Sofra, meu animal amado, ele entrou para sempre arrebentando os tecidos, os fragmentos como que saltavam do corpo pelos protestos de Marta: Jerônimo, ela gritou, é o sol, Jerônimo, ele não ouvia, agora que escavara o abismo, os tentáculos do polvo, sou quem o polvo enrola, sou quem o que, ele pensou e agitava-se cima e baixo, mulher, minha fêmea, minha cadela, ele a intitulava, Marta talvez uma ruína ante a obsessão do homem, ele agia de modo a

A CASA DA PAIXÃO

ser um animal livre, a interioridade densa do solo. Marta, ele condensou suas esperanças, via-se a exaustão no rosto contraído, ele era criatura perplexa e intumescida, adquiria seu membro afinal a consistência do ferro, a carne da mulher untada pelo sangue e esperma do homem, que já vinha, um horizonte banhado pelo sol. Agora, Marta, ele gritou, ela suspirando, dor mais bendita e penosa, ela se torcia, o ventre corcoveava sob os estertores do homem, os seios cristalizados em arrepios, puseram a cal branca da terra sobre minha pele, a cal do prazer, diria Antônia, vamos, mulher, agora te perfurei para sempre, está vindo o gozo da terra, confesse, até quando ficarei montado em você como minha égua, meu animal, ele dizia, e Marta em desmaios, eu sofro o amor, eu sofro o amor, e Jerônimo viu-lhe o rosto, que era o rosto dele também, a paixão crescendo nos olhos, na boca aberta, por onde saía uma espuma antiga, viu que a paixão era uma cicatriz feia que a mulher haveria de arrastar por toda sua vida, cicatriz porém que serviria ao homem de orientação sempre que ele duvidasse do instante em que deveria descarregar no ventre de pântano de Marta sua mais sinistra carga. E combalidos por uma autoridade que se deram, a natureza cantava, o sol era a liberdade, Jerônimo atingiu o gozo, despejava na mulher o que seu corpo produzia para alegrar o sexo de Marta, e os dois gritando, resfolegando como se os assassinassem, um jogado sobre o outro, quase descarnados, assim por muito tempo, devagar, como que o sexo do homem abandonava o paraíso da mulher, ia escorregando, ele deixava ela respirar, porque aquele rosto sofrera a paixão e o conhecimento, mas antes que o homem controlasse a respiração em desvario, para recuperar-se e viver de novo, a mulher arrancou violenta seu membro da vagina, tampou com a mão a sua área predileta, e, como se uma farpa dolorosa ainda estivesse ali e era-lhe sofrida a locomoção, foi levantando, o homem que pedia seu corpo debaixo do seu, buscou evitar a partida, a mulher o encarou severa, mais do que o amor, a sua exigência.

Ela se pôs de pé, curvada, os quadris manchados de roxo, ele viu e sofreu a dor da mulher, mas foi preciso, ele confessava. Marta procurou qualquer planta e, imitando Antônia, agindo como galinha pondo ovo, também colocou-se de cócoras, abriu as pernas, para que a sagrada ejaculação do homem, quente e em seu ventre, molhasse a planta, deixou que escorregassem coisas dele e dela, até que Jerônimo compadecido veio até ela, ajudou-a a levantar-se, a manobra da mulher ele também amava e a deitou de novo. Pediu que abrisse as pernas, de algum modo pretendia aliviar sua dor, os tecidos rasgados. Ela obedeceu em direção ao sol, ele se deslocou para acompanhar os movimentos da mulher. Escorregava por ela, beijando-lhe os seios aviltados, a barriga afundada no próprio corpo, um cheiro tão doce vinha dali e olhou o sexo em que vivera. Via os estragos, o sangue escorrendo entre as coxas. O altar do sacrifício, ele falou. Marta sentindo o sol não ouvia, ele

A CASA DA PAIXÃO

passou a mão por onde a dor se escondera, beijava-lhe as pernas, começou a limpar com a língua o sangue que em chamas o corpo libertara. Marta pediu:

— Nunca, Jerônimo.

Jerônimo ergueu-se para que ela o observasse ferido também. Marta não se importava. — Então, ele ordenou. Marta disse, Jerônimo, ele veio submisso. — Veja, ela explicou, as pernas para o sol, queria o sol curtindo sua carne, um simples pedaço de porco revestido de sal, pronto para a posteridade, o alimento do futuro. O sol atingia a carne derretida de Marta em benefício. Jerônimo olhava o sangue secar, marcas que ela quis ali, de lembrança, ela era um bicho, confessou a ele. Antônia lhe ensinara, aja assim quando o primeiro corpo de homem te tomar. Antônia não explicara as razões. O unguento natural talvez fosse o mais indicado. Nem a saliva de Jerônimo alcançaria tais poderes, pensou Marta confrontando forças. Antônia haveria de limpar seu corpo, preparando-lhe o banho, quando chegasse a casa. Jerônimo iria junto. O pai pediria:

— Mulher também toca piano, não é? E se entenderiam pelo olhar. Imaginava as folhas desmanchadas de Antônia. Jerônimo que se cuidasse.

— Você vem para a casa do pai, ela perguntou.

Jerônimo pôs a mão sobre sua barriga, que trem estaria apitando lá dentro, que atrevido plantando bandeira naquele poço, é filho meu então?

— Talvez, e nos mataremos um dia.

Marta fez não com a cabeça. Amava o corpo do homem, era diferente.

— Sou sua mulher, vou para onde você quiser, ela prometeu.

Ele sorriu:

— Quem cuida agora de suas feridas sou eu.

Marta amava o sol, queria o homem. Mudar o estado do corpo era alterar todo o pensamento, ela viu a sua desdita. Aquele corpo o primeiro de todos. Não sou mais ingênua. Sou mulher de dois homens, ela argumentava convencida do sol, convencida de Jerônimo.

Este livro foi composto na tipografia
Minion Pro Regular, em corpo 11,5/16, e impresso em
papel off-white no Sistema Digital Instant Duplex
da Divisão Gráfica da Distribuidora Record.